렙업하는 마왕님 ⑨

지은이 | MJ STORY 김태형
펴낸이 | 권순남
펴낸곳 | (주)마야·마루출판사

등록 | 2008. 1. 7(제310-2008-00001호)

초판 인쇄 | 2017. 9. 1
초판 발행 | 2017. 9. 5

주소 | 서울시 노원구 상계 1동 1049-25 신영산업 **BD 602호**
대표전화 | 02-2091-0291
팩스 | 02-2091-0290
이메일 | marubooks@hanmail.net

ISBN | 978-89-280-7545-4(세트) / 978-89-280-8438-8
정가 | 8,000원

잘못된 책은 교환하여 드립니다.
저자와 협의하여 인지를 붙이지 않습니다.

「이 도서의 국립중앙도서관 출판시도서목록(CIP)은 서지정보유통지원시스템 홈페이지(http://seoji.nl.go.kr)와 국가자료공동목록시스템(http://www.nl.go.kr/kolisnet)에서 이용하실 수 있습니다.」
(CIP제어번호:CIP2017021122)

렙업하는 마왕님

9

MJ STORY 김태형 게임 판타지 장편소설

MAYA&MARU GAME FANTASY STORY

마야&마루

목 차

제1장. 리안의 심판 …007

제2장. 그게 게임이든, 현실이든 마찬가지다 …039

제3장. 기다림은 몹시 익숙한 일일세 …071

제4장. 떨어야 하는 거예요? …099

제5장. 따끔한 매질을 경험하면 생각이 바뀔 거다 …127

제6장. 이 한 방은 제대로 날려 주마 …157

제7장. 생각해 보면 참 신기해 …189

제8장. 밥이나 먹으러 가자 …221

제9장. 우리도 곧 도움을 받아야 할 거 같군 …251

제10장. 저는 그런 거에 관심이 없어요 …279

렙업하는 마왕님

제1장

리안의 심판

렙업하는 마왕님

하오의 기대 어린 시선 앞에서 장린은 입을 열었다.
"지금 가로쉬는 초비상입니다. 코드를 도용한 대가로 게임이 폐쇄될 위기에 처했다고 합니다."
"그게 무슨 말이지?"
"리안이라는 NPC가 메시지를 보내왔답니다. 도용을 해명할 코드를 입력하지 않으면 게임을 닫아 버리겠다는 겁니다."
"뭐? NPC가 게임의 존폐를 두고 협박을 했다고?"
하오는 믿을 수 없다는 얼굴로 장린을 바라보았다.
"게임의 원 개발자 강창모 선생이 심어 둔 안전장치 같은 건가 봅니다."
"무슨 말인지도 모르겠다만, 그게 가능한 일이야?"

"어떤 원리인지는 파악하지 못했습니다. 다만 가로쉬의 개발자 류샹도 답이 없는 상황인 것만은 분명합니다."

충분히 흥미로운 얘기지만, 하오는 디퍼에 관한 정보가 중요했다. 하오의 마음을 누구보다 잘 아는 장린은 황급히 화제를 바꿨다.

"그 뒤로 디퍼의 서버에도 문제가 생겼고, 레넌과 류샹이 급히 통화를 했다고 합니다."

"쥐새끼들끼리 뭐라고 떠들어 댔지?"

"통화 내용까진 파악하지 못했습니다만, 아무래도 디퍼의 코드와 관련된 대화라고 추측해 볼 수 있습니다. 본사의 메인 페이지에 해킹 시도가 있을 때 디퍼 또한 공격을 당했습니다. 기술팀은 그게 리안, 즉 동종 코드에 의한 공격으로 짐작하고 있습니다."

"그러니까 심증은 차고 넘친다는 거잖아?"

"예. 디퍼의 초기 코드를 확보해야 그들을 법정에 세울 수 있습니다만, 그건 정말 쉽지 않을 거 같습니다."

"아무렴 죄지은 놈들이 순순히 뱉어 낼 리는 없는 거지."

그렇다고 두 손 놓고 있으면 하오가 아닌 거다.

"미국의 법을 바꿔서라도 난 내가 원하는 걸 얻는다. 그에 필요한 게 돈이든, 인맥이든 뭐가 돼도 좋으니 총동원시켜."

하오의 각오에 장린은 꿀꺽! 마른침을 삼켰다.

"왜 답이 없어?"

"예! 바로 진행하겠습니다."
뒤늦게 장린이 대꾸했고, 하오는 벌써 등을 돌린 채였다.

※

쐐애애애액! 쩌저저저적!
보인다.
보이기만 하면 이깟 자이언트 스네이크쯤 아무것도 아니라고 생각했는데!
'염병할! 그래도 이건 너무 많잖아!'
놈들은 끝도 없이 밀려들었다.
몇백 마리는 족히 썰었는데, 단 한 놈도 포션 따위를 뱉지 않았다.
여전히 HP는 1이었다.
쐐애애애액! 쐐애애애액! 쐐애애애액!
그나마 다행인 건 적의 패턴이 눈에 익었다는 사실이었다.
'천하의 마왕이! 이깟 뱀한테 당할까 보냐!'
강철은 썰고, 또 썰었다. 온몸이 피로 뒤범벅이 됐지만 결코 물러서지 않았다.
놀라운 일이다. 단 한 번의 실수도 용납되지 않는다는 긴장감과 절박함이 강철의 심장을 요동치게 만들었다.
쿵쾅쿵쾅!

재밌다.

살 떨리는 쾌감 속에서 살아 있다는 감정을 만끽한 다음이었다.

"하아! 하아!"

강철의 숨소리뿐, 더는 아무런 소음도 들려오지 않았다.

분명히 다 죽였다.

'아무런 보상 따위도 없는 거냐? 하다못해 HP 100이라도 채워 줄 수 있는 거 아냐?'

무언가를 이토록 바라게 만드는 퀘스트라니.

강철은 쓴웃음을 지었다.

동강 난 시체들을 밟으며 걸음을 내디뎠다.

무너진 벽이 출구가 되진 않을까 싶었는데, 단지 빛만 뿜어 대는 듯싶었다.

아직 덜 부서졌는지도 모른다는 생각에 강철은 다시 사이드를 휘둘러 보았다.

쐐애애애액! 까앙!

벽이 무너지긴커녕 사이드만 튕겨져 나왔다.

그럼 결국 벽은 빛을 뿜어내는 용도만 한다는 소린데.

강철은 빛을 따라가 보았다. 큰 걸음으로 열 발자국쯤 걷자 빛이 그 힘을 잃어 갔다.

이제부턴 또 어둠이었다.

강철은 즉시 좌우를 둘러보았다.

'내 생각이 맞다면 이쯤을 두드리면 또 벽이 무너지고, 빛이 쏟아져 나올 거란 말이야.'

쐐애애애액! 까앙! 쐐애애애액! 까앙!

정확히 두 번을 휘두른 다음이었다.

콰과과과광!

전처럼 벽이 뭉그러졌고, 그 속에서 빛이 뿜어져 나왔다.

그래, 이거지!

어둠 속에서 시야를 확보하는 법은 익힌 셈이다.

그럼 이제 HP만 회복하면 되는데.

강철은 아까 들었던 물방울 소리를 떠올렸다.

이처럼 어둠 속에 몰아넣었다는 건 소리로 진행 방향을 안내하겠다는 뜻이다.

자이언트 스네이크 떼를 그렇게 처리했는데도 아무런 보상을 주지 않았다는 건, 그곳에 뭐가 있다는 뜻이기도 했고.

'무조건 포션이겠지?'

강철은 빛을 따라 걸음을 옮겼다. 어디서 뭐가 튀어나올지 몰라 속도는 잘 나지 않았다.

똑! 똑!

희미했던 소리가 점점 또렷해졌고, 그럴수록 빛줄기는 점점 멎어 들어갔다.

벽에 숨겨진 장치를 찾아내야 하나 고민하던 그때였다.

뭐지?

강철의 시야로 기다란 물체가 보였다.

"후우."

강철은 긴장을 늦추지 않겠다는 듯 사이드를 말아 쥐며 앞으로 나아갔다.

스태프였다.

땅에 깊숙이 고정된 그것은 상단에 드래곤의 머리가 정교하게 조각돼 있었다.

똑! 똑!

천장에 고인 물방울이 드래곤의 머리 위로 떨어졌.

쩍 벌린 드래곤의 입으로 마법이 쏟아지면 꽤 멋지겠다는 생각도 잠시,

'어쨌든 포션은 아니라는 거잖아?'

난감한 결과에 강철의 얼굴이 일그러져 버렸다.

사이드가 나와도 열 받을 판에, 쓰지도 못할 스태프라니!

쓰읍!

그래도 어쩌겠나.

강철이 쓴웃음을 지으며 스태프를 향해 손을 뻗은 순간이었다.

띠링!

[리안의 스태프를 발견하였습니다.]

[퀘스트 아이템입니다.]

[퀘스트 완료 시 획득할 수 있습니다.]

리안의 스태프라고?

강철이 스태프를 움켜쥔 바로 그때였다.

그오오오오오!

땅에 박혀 있던 스태프가 가늘게 떨리기 시작했다.

덩달아 강철의 팔도 흔들렸다.

뭐냐, 이건?

띠링!

[독에 중독되었습니다.]

[지속해서 신체 기능이 저하됩니다.]

[스태프를 들고 이 던전을 빠져나가십시오.]

[던전을 탈출하면 리안의 스태프가 당신을 치유해 줄 것입니다.]

[제한 시간 30분.]

[시간 내에 탈출하지 못하면 사망하며, 퀘스트는 실패합니다.]

독? 갑자기 뭔 독?

과연 강철의 시야로 해골 문양이 두 번이나 번쩍거렸다.

슈아아아아!

그러고는 용의 눈에서 빛이 뿜어져 나왔다.

휴대용 랜턴으로 쓰라는 건가.

이럴 때는 불만 따위 가져 봐야 답도 없는 거다.

강철은 스태프를 등에 매달아서 정면의 시야를 확보했다.

[29:53]

우측 상단에 떠오른 시간이 점차 줄어 가고 있었다.

지금까지 겪은 바에 의하면 절대로 시간을 넉넉히 줬을 리가 없다.

독에 중독됐다고는 해도 신체적 변화는 딱히 없는 거 같으니까.

타다다다닥!

강철은 즉시 내달리기 시작했다.

폭이 좁아서 날개는 펼 수 없었다.

스태프에서 나오는 빛은 대략 3미터쯤, 그러니까 세 발자국 앞까지만 시야를 밝혀 줬다.

갑자기 튀어나온 적을 대비하기에 쉽지 않은 거리여서, 강철은 결코 긴장을 늦추지 않았다.

던전은 안으로 들어갈수록 점차 그 크기를 더해 갔다.

'이건 몬스터가 대량으로 나올 수 있게 설계됐다는 뜻인데?'

강철은 던전의 깊숙한 곳을 노려보았다.

시간제한을 두고 이 코스를 지나치게 할 리 없다. 적들은 반드시 튀어나올 거다.

포션이 없을까? 꼭 포션이 아니더라도 HP를 회복시켜 줄 무언가라도!

그때였다.

띠링!

[독에 중독되어 신체 기능이 10퍼센트 저하되었습니다.]
[시간이 지날수록 더 깊이 중독됩니다.]

느닷없이 떠오른 메시지와 함께,

콰과과과과과!

땅이 갈라지며 그 사이를 거대한 뿔이 비집고 튀어나왔다.

괴물?

쿠구구구구궁!

놈이 몸을 일으키는 동안에도 강철은 주위를 빠르게 훑었다. 포션을 찾기 위함이었는데, 이 빌어먹을 퀘스트는 그딴 걸 허락할 마음이 조금도 없어 보였다.

땅에서 솟구친 괴물은 강철에게 눈을 부라렸다.

어깨부터 시작된 불이 머리까지 뒤덮인 놈이었다.

머리가 천장을 닿을 만큼 거대해서 애꿎은 천장만 불길에 그을리고 있었다.

하체에는 검은 아우라를 갑옷처럼 두른 채였다.

놈은 집채만 한 도끼를 강철에게 겨누었다.

툭 튀어나온 아래턱에 불규칙적으로 솟아오른 이빨은 꽤나 섬뜩해 보이기까지 했다.

저 얼굴, 기억난다.

"가로쉬잖아?"

쿠워어어어!

대답처럼 울부짖은 가로쉬가 강철을 향해 몸을 날렸다.

굉장히 날렵했다.

강철은 즉시 우측으로 몸을 날렸는데, 모래주머니를 찬 것처럼 몸이 무거웠다.

중독 때문임이 분명했다.

부우우우웅! 콰직!

커다란 도끼가 강철이 있던 벽을 처절하게 부숴 놓았다. 놈은 거기서 그치지 않고 즉시 강철을 뒤쫓기 시작했다.

부우우웅! 콰앙! 부우우웅! 콰앙!

피가 1밖에 없는 상황이라 공격을 할 수도 없었다.

사이드를 날려 한 방 먹인다 쳐도, 놈을 뒤덮은 불길이 최소 1데미지 이상은 돌려줄 것이기 때문이었다.

콰과과과과광!

그 와중에도 벽은 두부처럼 뭉그러졌다.

띠링!

[독에 중독되어 신체 기능이 15퍼센트 저하되었습니다.]

속도는 더 떨어져 갔다.

최악의 상황이다.

놈을 상대하길 포기하고, 출구까지 도망을 쳐야 하나?

독에 중독될수록 점점 느려질 텐데, 그럼 결국 따라잡힐 게 분명했다.

'이런 지랄 같은 상황에 떨어뜨려 놨다면 해결책도 분명히 만들어 두었을 거다.'

부우우웅! 부우우웅! 부우우웅!

허공을 가르는 바람이 등 뒤까지 바싹 따라붙어 있었다. 등줄기가 오싹해지며, 식은땀이 온몸을 뒤덮었다.

쿵쾅쿵쾅!

포기하지 말라는 것처럼 심장이 요동쳤다.

여기서 생각하길 멈추면 반드시 죽고 만다.

'뭐냐, 도대체!'

그 순간 강철이 몸을 숙였다.

그러자 그 위로,

부우우우우웅!

도끼가 허공에 선명한 빗금을 그으며 지나갔다.

콰과과과과광!

놀라운 속도에 소름 끼치는 파괴력이었다.

놈은 조금의 준비 동작도 필요 없다는 듯 다시 도끼를 휘둘렀다.

부우우우웅! 타닥! 콰과과과과과!

강철이 몸을 날려 공격을 겨우 피해 낸 다음이었다.

화아아아아악!

가로쉬는 브레스처럼 입에서 불길을 토해 냈다.

염병할! 피가 조금만 더 있었어도 이거 한 방쯤 맞아 줬을 텐데!

억지로 몸을 일으킨 강철은 또다시 몸을 던졌다. 불길은 허공을 갈랐고, 강철은 멈추지 않고 바로 내달렸다.

'뭔가 있다고! 분명!'

부우우우우웅! 콰과과과광!

꿈 깨라는 것처럼 도끼가 날아들었지만, 강철은 도망치면서도 미친 듯이 주변을 돌아보았다.

없다. 가로쉬를 해결할 만한 단서가 이 주변에는 도무지 보이지 않았다.

'뭐지? 뭐냐고!'

그 순간이었다.

'호, 혹시?'

강철은 자신의 등에 매달아 둔 스태프를 쥐었다. 스태프 끝에 달린 용은 여전히 불빛을 쏟아 냈다.

띠링!

'그래!'

스태프에서 알림음이 터져 나오자 강철은 속으로 쾌재를 불렀다.

뭔가 대단한 마법이 나올 거라는 생각에 강철은 스태프를 가로쉬에게 내밀었다.

[리안의 스태프 발동 조건:???]

[발동 조건이 충족돼야 액티브 스킬이 발동됩니다.]

뭐?

부우우우웅! 콰과과과광!

이번엔 정말이지 죽을 뻔했다.

무너진 벽면이 다음 차례는 너라며 소리를 지르는 것처럼 느껴질 정도였다.

강철은 일단 뛰었다.

버프의 힘을 발동시키기 위해 퀘스트를 수락한 강철이다. 그런 강철에게 리안의 스태프 발동 조건을 알아내라니.

'이건 좀 너무한 거 아니냐!'

부우우우웅! 콰과과과광!

바닥에 나뒹구는 돌무더기들은 모르면 그냥 죽으라고 악담을 퍼붓는 거 같았다.

다다다다닥!

그래서 더 악착같이 뛰었다.

이 숨 가쁜 상황에서 스태프에 뭔가 숨겨져 있다는 사실까진 알아냈으니까!

뭐가 됐든 방법이 있다는 사실은 밝혀냈다.

'여기서 포기할 순 없다.'

[독에 중독되어 신체 기능이 20퍼센트 저하되었습니다.]

그깟 메시지 따위에 굴복하지 않겠다고 다짐하며 스태프를 움켜쥔 그때였다.

강철의 시선이 스태프 끝에 조각된 드래곤에 머물렀다. 녀석은 여전히 눈에서 빛을 뿜어 대는 중이었다.

부우우웅! 콰- 앙! 부우우웅-! 콰- 앙!

어차피 한 방이면 끝난다는 생각일까?

크게 휘두르던 가로쉬는 어느덧 위력보다 속도에 집중하기 시작했다.

강철의 입장에선 그게 백 번 더 위협적이었다.

'이 빛이 단순히 시야를 밝히는 용도가 아니라면? 이게 나름의 발동 조건에 대한 힌트 같은 거라면?'

쿵쾅쿵쾅!

처음으로 심장이 긍정적인 신호를 보내왔다.

해 보자.

강철은 몸을 돌려 스타팅 포인트로 뛰기 시작했다.

가로쉬는 맹렬하게 그 뒤를 추격했다.

쿠과과과과광!

그나마 다행인 건 왔던 길을 되돌아갈수록 길이 협소해져 가로쉬의 행동에도 제약이 생긴다는 사실이었다.

가로쉬는 동굴을 짓뭉개며 전진하는 통에 눈에 띄게 느려져 있었다.

[독에 중독되어 신체 기능이 25퍼센트 저하되었습니다.]

하지만 지금 같은 상황에서 속도 따윈 아무런 문제가 되지 않았다.

어차피 이 길의 끝엔 막다른 골목이 나오던 참이다.

강철의 생각이 틀렸다면, 그래서 스태프가 발동되지 않는다면 퀘스트는 그대로 실패할 터였다.

화아아아아악!

가로쉬가 불길을 뱉어 냈다. 달려드는 열기를 피해 강철은 미친 사람처럼 내달렸다.

하아! 하아!

숨이 턱 밑까지 차오르던 그때, 강철의 앞으로 커다란 빛줄기가 뿜어져 나왔다.

다 왔다.

쿠워어어어어!

가로쉬는 거대한 외침과 함께 강철을 향해 도끼를 내던졌다.

휘리리리리릭!

강철은 뒤에서 날아드는 소리를 피해 몸을 억지로 틀었다. 그런데도 소리는 강철을 집어먹을 듯이 달려들었다.

여기까지 와서 당할까 보냐!

[독에 중독되어 신체 기능이 30퍼센트 저하되었습니다.]

하필 그 순간 기능이 떨어져 버렸다.

젠장!

강철은 그대로 몸을 날렸다.

제발, 제발!

콰지지지직! 우르르르르!

돌무더기가 무너지는데도 접속이 종료되지 않았다.

살았다! 산 거다!

한 끗 차이로 겨우 피한 거지만, 기뻐할 틈은 없었다.

강철은 억지로 몸을 일으켜 빛을 향해 나아갔다.

쿵쿵쿵쿵!

놈이 뒤에서 내달리는 소리가 금세 따라붙었다.

'내가 먼저다!'

강철은 벽에서 쏟아져 나오는 빛의 중심에다 리안의 스태프를 뻗음과 동시에,

띠링!

[리안의 스태프가 참회의 빛에 노출됐습니다.]

[리안의 스태프 발동 조건이 충족됐습니다.]

[리안의 '심판'이 발동됩니다.]

그토록 기다렸던 메시지가 터져 나왔다.

그 순간, 드래곤의 눈에서 뿜어져 나오던 빛은 그 기세를 더하며 사방으로 뻗어 나갔다.

☞

파바바바밧!

도저히 눈을 뜰 수 없을 만큼의 빛이 쏟아져 나왔다.

크워어어어어!

끔찍한 비명과 함께,

쿠- 웅!

바닥이 울렸다.

해치운 건가?

강철이 눈을 떴을 땐 세상이 하얗게 변해 있었다. 스태프에서 쏟아진 빛이 모든 걸 집어삼킨 탓이었다.

그렇게 10초쯤 시간이 흐르자 시야가 서서히 회복되었다.

상체가 화염으로 뒤덮여 있던 가로쉬는 불이 먹은 채로 널브러져 있었다. 위용을 더하던 도끼는 날이 반쯤 부서진 채로 땅에 처박혀 있었다.

해냈다.

강철이 작게 한숨을 내쉬려 할 때였다.

슈우우우욱!

뒤쪽에서 알 수 없는 소리가 들려왔다.

강철은 홱 몸을 돌렸다. 그러자 바닥에 쏟아진 자이언트 스네이크의 피가 리안의 스태프를 향해 빨려 들어오기 시작하는 게 아닌가.

정확히는 쩍 벌린 드래곤의 입을 향해서였다.

놀라운 건 스태프가 피를 머금을수록 강철의 HP 포인트도 그만큼 상승한다는 거였다.

결국 자이언트 스네이크는 포션 역할이었고, 벽에서 쏟아져 나온 빛은 스태프의 발동 조건이었다는 소리다.

그러니까 가로쉬까지는 꼼짝없이 1 남은 HP로 상대하는 게 맞다는 뜻이고.

젠장! 이토록 살벌한 난이도의 퀘스트라니.

이런 무식한 레벨에서 앞으로 포션이 나오길 기대하는 건 멍청한 짓이다.

시간이 좀 걸려도 HP를 확실히 채워 두는 게 올바른 판단이었다.

[독에 중독되어 신체 기능이 35퍼센트 저하되었습니다.]

빌어먹을 메시지는 이 와중에도 떠올랐다.

남은 시간은 21분.

중독되는 속도로 보아 15분쯤 남았다고 보는 게 정확하겠지.

'급하게 생각해 봐야 일만 꼬인다.'

강철은 스태프를 움켜쥐었다.

벌써 10퍼센트 이상 차오른 HP는 최대 20퍼센트까지 회복될 기세였다.

※

송재균은 강철의 전투를 처음부터 지켜보았다.

어둠에 갇힌 채로 피가 1밖에 안 남은 시작은 가히 최악이었다.

개발자의 입장에서 볼 때, 깨라고 만든 퀘스트가 아닌 것처럼 느껴질 정도였다.

그래서 송재균은 이 모든 것이 강창모가 보내는 메시지처럼 느껴졌다.

그렇지 않고서야 이걸 통해 뭘 얻을 수 있단 말인가.

'강창모 씨는 도대체 무엇을 말하고 싶어서 플레이할 수 없는 퀘스트를 제작했단 말이지?'

하지만 그런 송재균의 생각도 조금씩 변하기 시작했다. 강철의 플레이 때문이었다.

"이게 무슨……."

송재균은 너무나 황당하단 얼굴로 모니터를 들여다보았다.

깰 수 없게 설계됐다고 믿었던 퀘스트를 강철은 한 단계씩 돌파해 나가는 중이었다.

"강철 씨는 이걸 정말 깨고 말겠다는 각오인 겁니까?"

화면 속의 강철은 무슨 수를 써서라도 이 난관을 극복하고야 말겠다는 표정이었다.

⨖

타다다다닥!

강철은 스태프를 등에 고정한 채로 미친 듯이 내달렸다.

가로쉬와 맞닥뜨렸던 그 지점을 넘어서자 이젠 날개를 펼 수 있을 만큼 던전이 넓어졌다.

촤아아아악! 촤아아아악!

정말이지 간만에 날갯짓을 한 거 같았다. 중독 때문에 몸이 무거웠지만, 뛰는 거보다야 훨씬 빨랐다.

그러나 날갯짓도 그리 오래가진 못했다.

'갈림길?'

두 방향으로 펼쳐진 길이 보였다. 강철은 날개를 접은 채로 두 길의 단서를 찾으려 했다.

그런데 단순히 시각적인 정보만으로는 이 길의 끝에 무엇이 있는지 도무지 알 수가 없었다.

[독에 중독되어 신체 기능이 40퍼센트 저하되었습니다.]

선택을 재촉하듯 메시지가 떠오른 다음이었다.

둥둥둥둥둥!

오른쪽 길 끝에서 알 수 없는 소리가 들려왔다.

'내가 이걸 어디서 들었더라?'

급할 필요 없다.

제한 시간은 지금도 줄어들었지만, 판단 근거를 눈앞에 두고도 후다닥 해치울 순 없는 노릇이었다.

더군다나 이런 살인적인 난이도에서는 주어진 단서를 최대한 활용하는 게 무엇보다 중요했다.

둥둥둥둥둥!

강철이 기억을 더듬으며 소리에 집중한 지 30초쯤 지나서였다.

북소리 같은데? 북소리라고? 북소리…….

"아!"

기억났다.

가로쉬로 넘어갔을 때 집채만 한 코뿔소를 탄 오우거 군단과 맞닥뜨린 적이 있었다.

그중에 몇몇 병사들이 북을 두드리며 전진했었는데.

레비아탄이 놈들을 맡는 동안 강철은 가로쉬를 썰어 버렸었다.

오른쪽에선 여전히 북소리가 들려왔다.

반면 왼쪽에선 아무리 귀를 기울여 봐야 별다른 소리도 넘어오지 않았다.

주어진 단서로만 보면 왼쪽 길엔 적이 없을 수도 있다는 거잖아?

잠시 고민하던 강철은 이내 날개를 펼쳤다.

둥둥둥둥둥!

그러고는 오른쪽, 북소리가 들려오는 쪽을 향해 날갯짓을 시작했다. 요행을 바라느니 한 번이라도 마주친 놈들을 상대하는 게 낫겠다는 생각에서였다.

이 빌어먹을 퀘스트가 HP를 20퍼센트나 채워 준 상황이다.

단순히 코뿔소들만 있는 거라면 이런 호의는 베풀지 않았을 거다.

[독에 중독되어 신체 기능이 45퍼센트 저하되었습니다.]

스킬도 사용할 수 없는데, 이제 신체 능력도 절반밖에 쓸 수 없게 돼 버렸다.

어느 순간부터는 중독에 가속도가 붙는 느낌인데?

촤아아아악!

터널 같은 길을 완전히 빠져나오자 스피츠의 아공간처럼 끝없는 공간이 펼쳐졌다.

놀라운 건 그 공간을 적들이 빼곡히 메우고 있다는 사실이었다.

둥둥둥둥둥!

과연 코뿔소 위에 탄 오우거 군단이 가장 먼저 눈에 들어왔다. 그 옆으로 둔기를 쥔 트윈 헤드 오우거와 발록, 리치, 데스나이트 등이 줄을 지어 서 있었다.

놈들의 뒤로 가로로 누운 건물이 보였다.

또 기억났다.

레전드리 스킬 3개를 중첩해 썰어 버렸던 가로쉬의 거대한 탑이었다.

무너진 탑이 왜 여기 와 있는 거냐.

우르르르르!

적들은 아직도 그 안에서 쏟아져 나오는 중이었다.

'어쩐지 HP를 20퍼센트나 채워 주더라니.'

절망한다고 답이 나오는 것도 아니라서 강철은 사이드를 움켜쥐었다.

두둥! 두둥! 두둥!

전투의 시작을 알리는 것처럼 오우거가 전과 다른 소리로 북을 두드렸다.

하늘엔 달이 두 개나 떠 있었다.

똥폼 잡으려고 만든 건지, 이 미션을 수행하는 데 도움이 되라고 제작한 건지는 두고 봐야 알 일이었다.

'그래도 달빛 덕분에 시야는 대충 확보되는구만.'

쿵쿵쿵쿵쿵!

적들이 강철을 향해 달려오기 시작했다.

뗏목 하나 들고 바다 앞에 선 기분이 이럴지 모르겠다만!

'기꺼이 건너 주마, 이것들아!'

촤아아아악! 촤아아아악!

강철은 기다릴 시간이 없다는 생각에 적들을 향해 날갯짓을 시작했다.

쐐애애애액! 쩌저저저적!

가장 선두에 선 오우거의 목을 단칼에 베어 버렸다.

목이 잘린 오우거가 땅에 풀썩 쓰러져야 정상인데,

부우우우웅!

놈의 몸뚱이는 아랑곳 않고 망치를 휘둘렀다.

쐐애애애액! 까- 앙!

공격을 막아야 했다.

쐐애액! 쩌저적!

거기다 놈의 상체를 사선으로 썰어 버리기까지 했다.

염병할!

그런데도 놈은 남은 몸뚱이로 강철에게 공격을 해 왔다.

'뭐냐, 이게?'

촤아아아악!

강철은 일단 몸을 틀어 옆으로 날았다.

부우우웅! 부우우웅!

까딱 잘못하면 적들에게 포위당할 거라는 생각에서였다.

[독에 중독되어 신체 기능이 50퍼센트 저하되었습니다.]

HP 17퍼센트.

쐐애애애액! 서거거거정!

강철은 몸을 피하는 와중에도 발록을 향해 사이드를 휘둘렀다.

목뼈를 반쯤 갈라 버렸다.

50퍼센트의 힘밖에 발휘할 수 없어 한 방에 썰진 못했다. 그러나 이 정도라면 회복 불능 상태에서 서서히 죽어 가야 맞는 거다.

촤애애애액!

발록은 죽음과는 아무 연관이 없는 것처럼 채찍을 휘둘렀다.

촤아아아악! 쐐애애애액! 뎅겅!

강철은 몸을 틀어 공격을 피하곤 놈의 목을 마저 썰어 버렸다.

제발 쓰러져라!

쵀애애애액! 까- 앙!

발록의 몸뚱이는 재차 채찍을 휘둘렀고, 강철은 사이드를 치켜 올려 가까스로 막아 냈다.

쿵쿵쿵쿵! 부우우웅!

어느덧 강철을 둘러싼 트윈 헤드 오우거들은 강철을 향해 망치를 휘두르고 있었다.

쐐애애애액! 쐐애애애액!

강철이 방어하는 동안에도 데스나이트, 리치가 달려들었다.

이대로라면 당하고 만다!

촤아아아악!

억지로 틈을 만든 강철은 일단 하늘로 몸을 날렸다.

콰아아아아앙!

그 순간 리치들의 마법이 강철의 뒤를 따라붙었다.

쐐애애애액! 콰과과과광!

사이드를 휘둘러 마법을 찢어 버렸다.

숨이 턱까지 차올랐다.

급하게 생각하지 말자.

쐐애애애액! 콰과과과광!

허공에서는 마법만 상대하면 되니까, 일단 숨부터 고르자.

그러나 강철의 생각을 비웃기라도 하듯 코뿔소 부대가 북을 두드리기 시작했다.

두두둥! 두두둥! 두두둥! 두두둥!

그러자 무너진 탑을 지나 수십 마리의 와이번이 날아들기 시작했다.

가로쉬의 적들이다.

마물들이 마왕에게 복종하는 건 바라지도 않으니까, 최소한 상대할 수 있을 정도로 나와야 되는 거 아니냐!

[독에 중독되어 신체 기능이 55퍼센트 저하되었습니다.]

HP 15퍼센트.

상황은 최악이었다.

그러나 절망할 시간에 한 번이라도 더 머리를 굴리는 게 강철의 스타일이다.

'와이번까지는 확인해 보자.'

촤아아아악!

강철은 와이번 떼를 향해 몸을 날렸다.

와이번의 머리엔 투척 무기를 든 오크들이 탑승하고 있었다.

투- 웅! 투- 웅! 투- 웅!

활처럼 깎은 돌덩이가 강철을 향해 날아왔다.

쐐애애애액! 까앙!

사이드를 휘두르자 팔뚝에 묵직한 통증이 전해졌다.

'제대로 맞으면 골로 가겠구나.'

콰아아아아앙!

그 와중에도 리치들이 터뜨린 마법이 강철을 노리고 쏟아져 들어왔다. 강철은 날갯짓의 강약을 조절하며 리치의 공격을 피해 냈다.

후우! 후우!

와이번의 목 한번 베는 데도 정말이지 많은 공을 들여야 했다. 슈팅 게임처럼 날갯짓 수 번을 했을 때야 겨우 기회를 잡을 수 있었다.

쐐애애애액! 쩌저저저적!

한 방에 못 잡을 걸 알아서 강철은 바로 사이드를 휘둘렀다.

쐐애액! 쩌저적!

분명히 목이 떨어져 나갔다. 그런데도 와이번은 날갯짓을 멈추지 않고 있었다.

'그러니까 여기 있는 모든 몬스터는 죽여도, 죽지 않는다는 거잖아?'

강철은 확신했다.

저 탑 안에 뭔가 있다.

죽지 못하게 만드는 흑마법사든 네크로맨서든 주술사든, 하여간 가로쉬보다 강력한 놈이 저 안에 숨어 있는 거다.

리안이란 녀석인가?

의미 없는 가정을 하는 동안에도 쓰러진 탑은 쉴 새 없이 몬스터를 뿜어내는 중이었다.

촤아아아악! 촤아아아악!

강철은 일단 와이번에게서 멀어졌다.

[독에 중독되어 신체 기능이 60퍼센트 저하되었습니다.]

HP 14퍼센트.

이대로라면 답이 없다.

이 구간을 깨려면 저 탑을 부숴야 한다.

그래야 적이 추가되지 않을 테고, 이 구간의 보스 NPC가 출현할 거다.

그거 말곤 방법이 없어 보였다.

촤아아아아악!

강철은 무작정 탑을 향해 날갯짓을 시작했다.

투- 웅! 투- 웅! 콰아아아아앙!

그 틈을 노려 투척 무기와 리치의 마법들이 쉬지 않고 날아들었다.

그 공격을 막아 내는 데만 상당한 HP를 소모해야 했다.

촤르륵!

기어코 오긴 했다만, 저 탑을 공격하기 위해서는 몬스터들을 비집고 착지해야만 한다.

죽지 않는 적들을 상대하며 탑을 부수는 게 가능하긴 한 걸까? 더구나 이 HP로?

촤아아아악!

답은 없었다.

그러나 이대로 죽는 거보다 백번 낫다는 생각에 적들을 향해 몸을 날렸다.

강철은 탑의 중간쯤에 착지했다. 코뿔소 부대와 트윈 헤드 오우거가 탑을 타 오르는 동안이었다.

쐐애애애액! 까- 앙!

탑을 향해 휘두른 사이드가 형편없이 튕겨 나왔다.

스피츠와 레비아탄이 10여 분을 두드려도 꼼짝 않던 탑이다. 강철이 레전드리 스킬을 3개나 중첩해서 쓰러뜨린 건데, 60퍼센트 저하된 몸 상태론 기스 하나 내기 힘든 게 당연했다.

쐐애애애액! 까- 앙!

[독에 중독되어 신체 기능이 65퍼센트 저하되었습니다.]

HP 13퍼센트.

이대로라면 탑이 부서지기 전에 먼저 중독이 돼서 쓰러지고 만다. 곡괭이 하나 들고 땅굴을 팠을 때보다 막막한 상황임에 분명했다.

부우우웅! 부우우웅!

어느덧 탑을 올라온 오우거들이 망치를 휘두르는 앞이었다.

까- 앙! 까- 앙!

사이드를 들어 적의 공격을 막을 때마다 묵직한 통증과 함께 몸이 좌우로 흔들렸다.

쐐애애액! 서걱! 쐐애애액! 쩌적!

강철은 무슨 생각을 할 겨를도 없이 사이드를 휘둘렀다.

몸이 저절로 반응하는 동안에도 강철의 머리는 뭔가 방법을 찾았다.

'버프가 터지는 거 외엔 정말 답이 없다.'

그러나 지금까지 아무 반응도 없던 걸 무슨 수로 발동시킨단 말인가!

쐐애애애애액!

강철은 사이드를 최대한 크게 휘두른 뒤,

촤아아아아악!

일단 하늘로 솟구쳤다.

그래, 저기다.

몬스터들은 탑의 밑동에서 쏟아져 나왔다.

쓰러진 탑의 아래 단면이 뻥 뚫려 있었는데, 그곳을 통해 적들이 한없이 나오고 있는 거였다.

'저기로 들어갈 수만 있다면, 일단 그 안에 있는 보스 놈을 만날 수 있을지도 모른다!'

지금은 생각나는 대로 움직여야 하는 상황이다.

촤아아아악!

강철은 조금의 망설임도 없이 방향을 틀어 날갯짓을 시작했다.

제2장

그게 게임이든, 현실이든 마찬가지다

렙업하는 마왕님

기어코 탑 안으로 진입한 강철은 역시나 적들에게 둘러싸여 있었다.

쐐애애애액! 쩌저저저적!

강철의 사이드에 오우거 셋의 머리가 떨어져 나갔다.

바닥에 떨어진 머리는 죽지 않은 채 강철을 향해 이빨을 드러냈다.

콰직! 콰직! 콰직!

그러나 뒤이어 몰려드는 몬스터 떼에 머리통이 죄 부서져 버렸다.

머리 없이 망치를 휘두르던 몸뚱이도 마찬가지였다.

철퍼덕!

뒤에서 몰려든 몬스터에 균형을 잃고 쓰러진 놈들은,

쿵쿵쿵! 우르르르!

안에서 쏟아져 나오는 몬스터들에 완전히 짓밟혀 버렸다.

쐐애애애액! 쩌저저저적! 쐐애애애액! 서거거거겅!

강철은 적들을 닥치는 대로 베어 버렸다.

[독에 중독되어 신체 기능이 70퍼센트 저하되었습니다.]

HP 11퍼센트.

한 방에 죽을 적들이 이젠 세 번을 베어야 쓰러졌다.

버티자. 방법이 없다면 일단 버티고 보는 거다.

두두두두두두둥! 두두두두두두둥!

그런 강철의 생각을 비웃기라도 하듯 거대한 북소리가 탑 내부에 울려 퍼졌다.

저게 무슨 주문이나 버프라도 된단 말인가?

북소리가 터져 나온 순간 몬스터들이 기세를 더하기 시작했다.

젠장! 지금도 힘든데!

쵀애애애액! 차아아아악!

보이지 않는 곳에서 발록의 채찍이 날아들었고,

투-웅! 콰과광! 투-웅! 콰과광!

오크의 투석 무기가 쏘아졌으며,

콰아아아앙! 콰아아아앙!

리치가 뿜어낸 마법이 곳곳에서 터져 나오는 상황이었다.

이거 다 맞으면 답도 없다.

강철은 몬스터를 방패 삼아 잔뜩 몸을 낮췄다.

꾸에에에엑! 끄아아아악!

트윈 헤드 오우거의 머리가 터져 나갔고, 발록의 몸에 커다란 구멍이 뚫렸다.

말에서 고꾸라진 데스나이트가 처절하게 밟혀 나갔으며, 리치의 구슬이 바닥에 나동그라졌다.

그런데도 적들은 공격을 멈추지 않았다.

염병할! 북소리가 몬스터들을 조종하는 듯했다.

길을 내야 한다.

쐐애애애애액!

스태프의 힘이 터지지 않으면 이번 스테이지는 힘들다.

그 힘을 발휘하는 방법?

모른다, 전혀.

강철은 팔다리가 다 찢겨 나간 오우거를 방패처럼 걸머지고 앞으로 나아갔다.

쐐애애애애액!

하지만 한 가지 확실한 건 있다.

숨겨진 힘이 발휘된 모든 순간은 강철이 끝까지 포기하지 않았다는 것. 그래, 그거 하나는 확실했다.

쐐액! 쩌적! 쐐액! 쩌적!

강철은 앞을 가로막는 놈들의 발목을 사정없이 베어 버

렸다.

[독에 중독되어 신체 기능이 80퍼센트 저하되었습니다.]

HP 10퍼센트.

두두두두두두둥! 두두두두두두둥!

이젠 탑 안을 가득 메우는 북소리가 마치 강철을 위한 응원처럼 들릴 지경이었다.

오우거를 다섯쯤 바꿔 가며 전진했을 때였다.

띠링!

[죽음을 관장하는 자, 데이먼의 영역에 도착하였습니다.]

그토록 기다리던 시스템 메시지가 떠올랐고, 눈앞에 더는 어떤 몬스터도 보이지 않았다.

☞

['마왕'이 퀘스트를 수락하였습니다.]

류상이 몇 시간 전에 받은 메시지였다.

마왕이라니.

어둠의 나라 속 마왕이 퀘스트를 받은 게 왜 가로쉬에 전달된다는 말인가.

류상은 혹시나 싶어 로그 기록까지 찾아보았다.

역시나 가로쉬에서 온 메시지가 아니었다.

출처를 알 수 없다는 분석이 나왔는데, 당연히 발신지는 어둠의 나라임에 틀림없었다.

'게임이 정말 미쳐 가는 게 틀림없구나.'

류샹은 애써 고개를 돌려 다른 모니터 화면을 들여다보았다. 그곳에선 포비든이 알파런을 상대로 연거푸 도전하는 중이었다.

30퍼센트의 알파런이다.

처음 시작할 땐 30초를 채 넘지 못하던 포비든이 몇 시간째 이어지는 대결에 이젠 2분 정도는 버텨 내고 있었다.

"하아!"

류샹이 모니터를 향해 깊은 한숨을 내쉴 동안이었다.

띠리리리리!

내선 전화가 울려 그는 황급히 전화를 받았다.

(포비든의 퀘스트는 어떻게 돼 갑니까?)

의장 라우쉰이었다.

"결과가 썩 좋진 않습니다."

리안의 돌발 퀘스트였기에 당연히 보고가 들어간 상황이다.

게임의 존폐를 쥔 리안이다 보니, 그가 내린 퀘스트 하나에도 촉각이 곤두서는 건 당연한 일이었다.

(포비든이 퀘스트를 성공하면 게임에 도움이 되는 건 맞습니까?)

"확실한 건 없습니다만, 지속적으로 리안과 접촉하기 위해서라도 연계 퀘스트 모두를 수행하는 게 중요합니다."

(도대체 확실한 게 뭡니까?)

류샹이 아무런 답도 뱉지 못하자, 라우쉰은 답답하다는 듯 말을 이었다.

(비슷한 퀘스트가 어둠의 나라 쪽에도 주어졌을 거라고 했잖습니까? 그건 알아봤어요?)

"예. 퀘스트를 받은 정황은 충분합니다. 마왕이 퀘스트를 수락했다는 메시지가 날아왔으니까요."

(어떤 퀘스트를 받았는지는 모르는 거구요?)

"로그 기록을 뒤져 보니, 가로쉬와 데이먼의 데이터가 이상 징후를 보였습니다. 아무래도 리안이 그들의 데이터를 바탕으로 퀘스트를 내린 게 아닌가 싶습니다."

(가로쉬는 그렇다 치더라도, 데이먼은 개발 중단된 NPC 아닙니까?)

원래 심령의 탑 꼭대기 층 보스로 설계된 것이 '죽음을 관장하는 자, 데이먼'이다.

80퍼센트 이상 개발이 완료된 시점에 마왕이 심령의 탑을 통째로 넘어뜨렸다. 그 바람에 데이먼의 데이터가 치명적인 손상을 입었고, 그 뒤로는 개발이 무기한 연기됐었다.

몬스터들이 죽지 않도록 버프를 건다는 특이한 콘셉트로 야심차게 제작한 NPC였는데.

빌어먹을 마왕만 아니었어도 지금쯤 데이먼은 최강의 레이드 보스몹으로 악명을 떨쳤을 게 분명했다.

(그럼 리안이 개발 중지된 NPC까지 동원해 퀘스트를 줬다는 뜻이에요?)

"그럴 확률이 높습니다."

(마왕이 받은 퀘스트가 우리에게 미칠 영향은 있습니까?)

"지나 봐야 알 거 같습니다."

(후우.)

라우쉰의 깊은 한숨은 도대체 아는 게 뭐냐는 질책처럼 들렸다.

(작은 정보라도 생기면 바로 보고하세요.)

통화는 그렇게 끝났다.

수화기를 내려놓은 류샹은 모니터에 데이먼의 데이터를 띄워 놓았다.

혹시라도 마왕이 리안의 퀘스트를 수행한다면, 그래서 정말 데이먼을 상대하게 된다면!

부질없는 가정이라고 생각했을까.

류샹은 이내 절레절레 고개를 저었다.

띠링!

[데이먼을 발견하였습니다.]

피처럼 붉은 빛깔의 로브가 보였다. 그 안으로 주름을 잔뜩 뒤집어쓴 노인이 구부정한 자세로 서 있었다.

해골이 셋 달린 완드를 치켜든 노인네의 머리 위로 '데이먼'이란 이름이 큼지막하게 떠올랐다.

강철의 생각이 맞았다.

탑 내부에 보스몹이 있고, 그놈이 기본 몬스터를 죽지 않게 만든다는 거 말이다.

신기한 일은 놈이 바로 공격을 해 오지 않았다는 거다.

"마왕이라고?"

데이먼이 말을 걸어오는 동안에도 강철은 빠르게 주위를 살폈다.

쓰러진 탑 때문인지, 부서진 목재나 책 따위가 어지러이 널브러져 있었다.

책의 이름이나 해골, 염소 머리, 박제된 동물들로 볼 때 흑마법사가 틀림없었다.

고작 클래스 정도뿐, 더 이상의 정보는 얻을 수가 없었다.

"귀를 잘라 줘야 내 말을 들을 텐가? 마왕이냐고 물었을 텐데?"

지금 이 순간도 중독이 진행되는 중이다. 강철은 허튼 대화 따위를 나누고 싶은 마음이 전혀 없었다.

촤아아아악!

몸을 날린 강철이 사이드를 움켜쥐는 동안이었다.

번쩍!

완드를 치켜든 데이먼의 눈에서 붉은 기운이 뿜어져 나왔다. 그리고 그 순간, 강철의 머리 위로 검은색 악령의 얼굴이 떠올랐다.

악령이 커다랗게 입을 벌린 다음이었다.

띠링!

[저주-악령의 분노]

[10초간 이동할 수 없습니다. 저주가 풀린 후에도 30초간 이동속도가 25퍼센트 저하됩니다.]

가로쉬 템에 붙은 저주 면역 옵션도 퀘스트 상황에선 아무 효력을 발휘하지 못하는 모양이었다.

'젠장!'

시멘트에 처박히고 며칠은 지난 것처럼 발이 꿈쩍도 하지 않았다.

그래도 손은 움직일 수 있었다.

강철이 어떤 공격이라도 막아 내겠다는 듯 사이드를 앞으로 내민 순간이었다.

"흐음?"

데이먼은 무슨 일인지 강철의 등을 빤히 바라봤다. 그 꼴이 꼭 고약한 노인네가 흠결을 찾는 모습처럼 보였다.

"그래! 리안의 스태프! 이게 있다는 건 마왕이 확실하다는 소리겠지. 자넨 리안의 명을 받고 날 죽이러 왔겠지? 그러나 난 오히려 자네를 기다려 왔다네."

몬스터를 그렇게 많이 풀어놓고, 어떻게 기다렸다는 말을 할 수 있는 거지?

강철의 표정에서 그 생각을 읽었을까.

"쓸 만한 놈인지 확인 절차는 필요하잖아. 리안이 점찍은 놈이라면 분명 보통은 넘겠지만 말이야."

데이먼은 매부리코를 만지며 말을 이었다.

"긴말하지 않겠다. 리안이 구원자를 찾는다지? 난 그 리안을 찢어 죽이고 싶은 놈이야. 날 믿어. 그럼 리안이 주기로 했던 것쯤 내가 다 허락해 주지."

띠링!

[퀘스트가 발동하였습니다.]

[데이먼의 제안(1/3)]

[데이먼은 마왕이 자신의 편에 서길 원합니다. 리안의 퀘스트를 포기함으로써 당신의 결심을 보여 주십시오.]

[퀘스트 보상:레비아탄의 '격노' 스킬 획득.]

['격노' 스킬 획득 시 스태프의 힘이 개방됩니다.]

뭐냐, 이건?

이쯤에서 퀘스트를 포기하기만 해도 스킬을 거저 준다는 뜻이잖아?

[데이먼의 퀘스트를 수락할 시, 리안의 퀘스트는 자동으로 포기합니다.]

[퀘스트를 수락하시겠습니까?]

"나에게 뭘 원하는 거지?"

"자꾸만 설명하게 하지 말라구! 그럴 때마다 리안, 그 고리타분한 놈을 떠올려야 하니까!"

거기까지 말한 데이먼은 인상을 찌푸리며 말을 이었다.

"리안의 꿍꿍이를 알고 퀘스트를 받았나? 아니잖아. 그러니까 내가 하는 말도 대충 들어. 자꾸 의심하고 재촉하다 몸과 머리가 분리된 뒤에야 살려 달라고 엉겨 붙지 말고."

데이먼은 뭐가 재밌는지 혼자 낄낄거렸다.

10초가 다 지난 모양이다. 발에 감각이 살아난 게 꼭 그랬다.

"어때? 그 빌어먹을 퀘스트에 힘 빼지 말고, 편히 내 말을 듣는 것이?"

"난 리안이란 NPC를 본 적도 없고, 아는 사이도 아니야."

"맞잖아. 그래. 이렇게 대화가 통하는 맛도 있어야지."

"네 말마따나 내가 리안의 부탁을 꼭 들어줘야 할 이유도 없고."

"긴말할 필요 뭐 있나. 내가 준 퀘스트 수락하고 그만 얘기 끝내지?"

괴팍한 노인네의 얼굴에 한 줄기 미소가 떠올라 있었다. 그 표정을 보자 강철은 픽! 웃음이 나왔다.

"근데 네 말을 듣고 있으면 내가 그깟 스킬 하나 얻으려고 개고생을 한 사람처럼 보이잖아?"

"스킬 때문이 아니야? 아! 마왕쯤 되니 보기보다 욕심이 많구만그래. 더 얻고 싶은 게 있단 말이지? 어디 말해 봐. 뭘 그렇게 받고 싶지?"

저놈과 얘기를 하다 보니 같이 저렴해지는 기분이다.

강철이 이 지랄 같은 퀘스트를 꾸역꾸역 헤쳐 온 데는 그만한 이유가 있었다.

희망이 없던 삶에 빛처럼 다가온 어둠의 나라다.

그 세계가 통째로 위험에 처했다며 의장이고, 개발자까지 고개를 숙였었다.

그깟 스킬 하나 때문이라면 자존심 죽이고, 괴팍한 노인네 부탁 한번 들어주는 게 현명하다.

안다.

그러나 어둠의 나라를 위해서라면?

"리안의 퀘스트를 포기한다고 쳐. 그럼 어둠의 나라는 어떻게 되는 거지?"

"어둠의 나라? 그 말이 지금 왜 나오는 거지? 리안의 퀘스트에 그런 말은 한 줄도 없는 걸로 아는데?"

강철은 어둠의 나라와 가로쉬 사이에 작동하는 힘을 해결하기 위해 퀘스트를 수락했었다.

결국 데이먼이란 놈은 그런 맥락 따윈 모른 채로, 단지 퀘스트에 쓰인 보상만을 줄 수 있다는 얘기다.

픽 웃음이 나온 강철은 바로 퀘스트창을 띄워 보았다.

[이 세계의 구원자]

대마법사 리안일세. 나는 평생 이 세계의 구원자를 기다려 왔지. 그리고 자네를 발견했네.
자네는 내게 그 구원자임을 증명할 의향이 있는가?

이 퀘스트의 설계자가 리안이다. 배신을 운운하는 데이먼을 배치한 것조차 리안의 뜻이다.

'진정한 구원자가 될 수 있는지 시험하는 건가?'

아니, 시험이든 유혹이든 간에 어둠의 나라를 위해 무언가 줄 수 있는 게 없다면 강철로서는 그깟 요구 따위 받아들일 이유가 없는 거였다.

생각이 거기까지 미치자 리안과 손을 잡는 편이 여러모로 더 많은 것을 기대할 수 있겠다는 확신마저 들었다.

"왜 말이 없어? 고민 중인가? 더 기다려 줘야 되는 거야?"

"거절한다."

"뭐?"

"별로 내키지 않는 제안이었다고."

띠링!

[퀘스트를 거부하셨습니다.]

[데이먼과의 적대 관계가 +999 상승하였습니다.]

[데이먼과의 전투를 피할 수 없습니다.]

저런 말 한마디에 휘청이는 삶 말고, 커다란 탑쯤 단칼에 베어 버리는 마왕으로 살 거다.

그게 게임이든, 현실이든 마찬가지다.

데이먼은 핏빛 로브만큼이나 붉어진 얼굴로 강철을 노려보았다.

"쓸모없는 말을 할 바에야 혀를 뽑아 버리는 방법을 추천해 주지."

"나이 지긋하신 분이 어디 애들도 안 쓸 말을 상스럽게 떠들어 대는 거야?"

데이먼이 완드를 치켜드는 앞에서 강철은 사이드를 움켜쥐었다.

꼬리

신체 기능이 저하된 상황이라면 누구든 마음이 급해지게 마련이다.

조금이라도 힘이 있을 때 한 방이라도 더 때리고 싶어서 무작정 달려들고 본다. 초짜들은 그렇다.

"후우."

그러나 강철은 숨을 고르며 오히려 데이먼과 거리를 뒀다.

적이 어떤 공격을 펼칠지도 모르는 상황에서 지금의 컨디션으로 선공을 날리는 건 죽여 달라고 비는 꼴이다.

먼저 패턴을 파악해야 한다.

"날개 두 짝을 다 찢어서 내 방에 걸어 놔야겠어."

데이먼은 도발과 함께 완드를 치켜들었다. 완드 끝에 달린 3개의 해골에서 붉은빛이 뿜어져 나왔다.

'저주? 마법?'

짧은 순간이었지만 강철은 빠르게 머리를 회전시켰다.

발을 묶어 두는 10초짜리 저주를 방금 쓴 참이다. 쿨타임을 적용받는다면 마법을 쏠 확률이 높다.

그 순간이었다.

투웅! 콰아아아아아!

캐스팅 속도가 거의 없었다.

쏜다고 마음먹은 순간, 데이먼의 완드에서 붉은 화살이 터져 나온 게 그랬다.

좌아아아악!

강철은 날개를 활짝 펴 좌측으로 몸을 날렸다.

투사체의 속도도 워낙 빨라서 거리를 두지 않았다면 심장이 관통됐을 거였다.

쿠구구구궁!

강철은 마법이 벽을 뚫는 것을 끝까지 확인한 뒤에야 고개를 돌렸다.

마지막 순간에 방향을 틀어 공격을 해 오진 않을까 끝까지 체크한 거였다.

지금 이 빌어먹을 상황에 믿을 건 경험밖에 없었다.

지난 전투들을 떠올리며 상대의 모든 패턴을 익힌 뒤에 공략법을 마련해야 한다.

'운 좋게 버프가 터지면 제일 좋다만, 그건 요행이다. 지금 내가 할 수 있는 일을 끝까지 밀어붙여야 한다.'

그러나 그런 강철의 생각을 비웃기라도 하듯 데이먼은 다시 완드를 치켜들었다.

"마왕이라더니, 꼬랑지를 보이며 피하는 꼴이 아주 우습구나. 네놈이 이 탑을 쓰러뜨렸다는 사실이 믿기지가 않아."

상급 마법을 쓴 직후라면 기본 마법이나 저주를 내릴 차례였다.

번쩍!

강철의 머리 위로 검은색 악령이 떠올랐다.

띠링!

[저주-유리 갑옷]

[10초간 마법 저항력이 50퍼센트 저하됩니다.]

강철은 빠르게 주변을 훑었다.

마법 저항력을 떨어뜨렸다면 데미지는 약해도 피하기 어려운 마법들을 쏟아 낼 게 분명했다.

강철은 놈이 마법을 쓰기도 전에 일단 우측으로 몸을 날렸다.

무너진 책장이 있는 쪽이었다.

아니나 다를까, 데이먼의 완드는 붉은빛을 머금고는 악령을 수차례 쏟아 내기 시작했다.

거기서 그치지 않았다.

띠링!

[저주-둔화]

[10초간 이동속도가 30퍼센트 저하됩니다.]

젠장! 보스급이라 이거냐?

기본적인 저주 정도는 쿨타임에 구애받지 않고 무자비하게 날릴 수 있는 듯했다.

번쩍!

다시 한 번 완드가 빛을 뿜었고,

투웅! 투웅! 투웅!

악령이 깃든 탄환이 강철을 향해 연속해서 쏟아져 들어갔다.

"도망 다니는 거 좋아하잖아? 클클! 실컷 즐기라구."

가뜩이나 몸이 무거운 상태에서 둔화까지 걸렸다.

촤아아아악!

그런데도 강철은 악을 쓰며 날았다.

평소라면 사이드로 그어 버리면 그만일 마법이라도 지금은 그럴 수 없었다.

강철은 쓰러진 책장을 들어 날아드는 악령에게 내던졌다.

퍼엉! 퍼엉! 퍼엉!

유도 기능이 있는 대신 부딪치는 즉시 폭발한다.

세 마리는 그렇게 터졌는데, 나머지 하나가 강철의 옆구리를 노리고 들어왔다.

뒤늦게 쏜 탄환마저 강철을 노렸다.

[독에 중독되어 신체 기능이 85퍼센트 저하되었습니다.]

HP 9퍼센트.

하필 이때 중독이!

상황은 정말이지 강철을 도와주지 않았다.

강철은 무너진 책상 쪽으로 몸을 날렸다.

콰- 앙!

세 발의 탄환은 가까스로 피했지만, 날아드는 악령까진 어떻게 할 수 없었다.

HP 6퍼센트.

옆구리가 찢겨 나가는 거 같았다.

"하아."

그런데도 강철은 억지로 몸을 일으켰다.

지금까지 파악한 패턴에 의하면 지금은 마법이든 저주든, 큰 게 날아올 차례였다.

"제법이구나. 멀쩡한 상태로 왔으면 나와 상대해 볼 만했겠어. 하지만 이걸 어쩌나? 나는 그럴 마음이 전혀 없는데."

놈의 완드가 붉게 물들었다.

반으로 쪼개진 책상에다 사방으로 흐트러진 책들, 각종 동물 박제와 불길하게 머리만 있는 염소까지.

지금 이게 강철이 활용할 수 있는 전부였다.

암담했다.

하지만 여기서 물러서면 어둠의 나라를 회복시킬 기회를 또 뒤로 미뤄야 한다.

그 시간 동안 송재균이 겪어야 할 고생을 생각하면 지금은 집중, 또 집중해야 하는 상황이었다.

'저런 것들이 괜히 있지는 않을 거야.'

강철이 어떻게든 변수를 만들어 보려고 머리를 굴리는 동안이었다.

띠링!

[저주-악령의 분노]

[10초간 이동할 수 없습니다. 저주가 풀린 후에도 30초간 이동속도가 25퍼센트 저하됩니다.]

그 빌어먹을 저주의 쿨타임이 돌아왔구나!

촤아아아악! 촤아아아악!

날갯짓을 해 봐야 다리가 땅에 박힌 것처럼 몸 전체가 꿈쩍도 하지 않았다.

데이먼은 다시 완드를 치켜들었다.

저주를 걸었으니 이번엔 마법 차례였다.

"지옥의 맛을 보여 줄 차례로군. 아니, 마왕이니 그건 이미 익숙하려나? 뭐가 됐든 상관없다. 난 네놈을 죽여서 그 혀를 뽑아 버리는 데만 관심이 있으니 말이야."

돌파구를 만들어야 한다.

강철은 사이드를 휘둘러 염소의 머리를 쪼개 버렸다. 포션이라도 나올까 싶어서였다.

젠장! 속이 비어 있었다.

강철은 혹시나 마법이 터져 나오진 않을까 얼른 놈을 쳐다봤다.

'어라?'

순간 놈의 완드가 움찔했다. 아주 짧은 틈이지만 강철은 분명히 보았다.

'뭐지?'

강철은 다시 사이드를 움켜쥐었다.

※

스피츠의 아공간 위로 커다란 화면이 떠올라 있었다.

강철은 네모난 화면 속에서 처절하게 싸우는 중이었다.

도무지 방법이 없는데도 안간힘을 써 댔다. 그게 화면 바깥까지 고스란히 전해질 정도였다.

아리엘은 그 화면을 붉어진 눈으로 지켜보았다.

강철의 노력을 한순간도 놓치고 싶지 않다는 의지와 그의 처절함을 생각해서라도 당장 훈련을 시작해야 하는 게 아닌가 하는 마음이 복잡하게 얽힌 눈이었다.

꾸욱.

이러지도 저러지도 못하는 마음에 아리엘은 애꿎은 스태프만 말아 쥐었다.

그 옆에 선 하오는 가만히 있지를 못했다.

"스피츠! 같은 NPC인데, 내가 저기로 넘어가게 해 줄 수는 없는 거야?"

《불가능하다.》

"아니, 그럼 방법을 강구해야지! 동생이 저 꼴을 당하는데 보고만 있으라고!"

《믿어라.》

"뭐?"

《마왕이다. 믿어라.》

스피츠의 절대적인 신뢰야 멋지고 고마운 일이다.

하지만 지금 강철이 개고생을 하는 걸 뻔히 보면서 믿기만 하라니!

"마음은 믿더라도, 몸으로는 돕고 보는 게 내 스타일이라니까! 아니, 뭐든 해야 될 거 아냐! 뭘 좀 하면서 믿어야지!"

하오는 가만히 있는 게 세상에서 가장 힘든 사람처럼 몸을 들썩였다.

"내가 못 가면 스피츠, 레비아탄 둘이서 안 되나? 방법을 좀!"

누가 보면 두 드래곤이 장린처럼 비서쯤 되는 줄 알 거다.

"으아아아악!"

하오가 제 분에 못 이겨 화면 속 데이먼을 향해 창을 내뻗었다. 그러자 황금빛 용이 뿜어져 나와서는 입을 쩍 벌리며 날아갔다.

그런다고 뭐 달라질 게 있겠나.

그 옆에 선 비델은 황급히 아리엘에게 달려갔다.

"눈 빨개질 때까지 본다고 뭐 달라져요? 스태프 그거 그만 쥐고, 빨리 응원해요."

"……?"

"나 같은 사람이 응원해 봐야 마왕한테 들리지도 않으니까, 마왕이 제일 좋아하는 당신이 얼른 소리라도 지르라구요!"

말은 그렇게 하면서도 비델은 목청껏 소리를 높였다. 제발 그 목소리가 강철에게 가 닿길 바라면서였다.

[메시지를 전송할 수 없습니다.]

당연히 강철에게 보내는 귓말은 막혀 있었다. 그걸 알면서도 송재균은 강철에게 메시지를 보냈다.

별말 아니었다.

끝내 강철에게 전송되지 않는다는 걸 알기에 보낼 수 있는 말이기도 했다.

「매번 고맙습니다.」

[메시지를 전송할 수 없습니다.]

강철도 사람이다.

그라고 왜 포기하고 싶은 마음이 없겠나. 강철이라고 왜 쉬운 길을 놔두고 돌아가고 싶겠나.

보상 따위 얻고자 싸우는 거 아니다. 지금의 강철은 어둠의 나라를 지키려고 싸우고 있다.

그 마음이 눈에 고스란히 드러나서 송재균은 도저히 가만있을 수가 없었다.

"뭔가 있을 거야. 공략 포인트가 있을 거라고."

송재균은 개발자의 눈으로 데이먼을 살폈다.

만에 하나 약점을 찾아낸다고 한들, 강철에게 말해 줄 수 있는 것도 아니었다.

그런데도 그는 미친 듯이 모니터를 노려봤다.

"찾는다. 찾아야 한다."

가슴이 뜨거웠다.

악착같이 싸우는 강철의 모습을 보고 있노라면 이거라도 하지 않고는 도저히 견딜 수가 없었다.

"있다. 강철 씨가 포기하지 않는 한 뭔가 있는 거다."

그가 모니터에 빨려들어 갈 듯이 눈을 빛낸 순간이었다.

쐐액! 쩌적!

강철이 염소의 머리를 베자 데이먼에게서 이상한 반응이 튀어나왔다. 완드를 들려다 바로 내린 아주 작은 변화였다.

"어?"

하지만 송재균은 그 미묘한 움직임을 놓치지 않았다.

인공지능을 수없이 테스트해 본 개발자들은 안다.

"…버그?"

저건 개발이 완료되지 않은 AI가 주로 보이는 특성이다.

주위의 오브젝트가 예상치 못한 타이밍에 변화하면 일일이 반응하게 되는 거다.

"개발이 덜 끝난 NPC라는 소리야?"

송재균은 저도 모르게 두 주먹을 말아 쥐었다. 강철이 붙들 동아줄을 발견했다는 기쁨 때문이었다.

하지만 그건 개발자들, 그중에서도 NPC 개발 파트에서 잔뼈가 굵은 사람만 캐치할 수 있는 미묘한 변화였다.

강철이 그걸 알아낼 수 있을까?

"오브젝트! 오브젝트를 노리세요!"

모니터를 향해 목청을 높이면 강철이 듣기라도 한다는 것처럼 그는 목에 핏대를 세웠다.

⟡

순간적으로 움찔했던 데이먼은 언제 그랬냐는 듯 다시 완드를 치켜들었다.

붉은빛이 뿜어져 나옴과 동시에,

투웅!

예의 그 붉은 화살이 쏘아져 나왔다.

발이 움직이지 않아서 사이드로 막아 내야 하는 상황이었다.

콰아아아아아!

투사체가 워낙 빨랐다.

쐐애애애애애애액! 타악!

강철이 휘두른 사이드가 화살의 끝을 스치며 겨우 방향을 틀어 놓았다.

우지끈!

허리가 뒤틀리는 기분이었다.

그래도 이까짓 거 얼마든지 참아 준다.

사이드로 쳐 내지 않았으면 그 자리에서 죽고 말았을 테니까.

[독에 중독되어 신체 기능이 90퍼센트 저하되었습니다.]

HP 2퍼센트.

염병할! 그런 것치곤 스치면 바로 죽게 생겼다.

"지금쯤이면 생각이 좀 달라졌을 거 같은데? 얼굴도 모르는 리안을 택하기보다, 눈앞에 계신 데이먼 님께 무릎 꿇을 걸 하고 후회되지 않아?"

놈은 이미 승리를 거머쥔 것처럼 떠들어 댔다. 저주가 풀렸는지 다리에 감각이 살아났는데도, 지금의 마왕쯤 얼마든지 죽일 수 있다는 것처럼 데이먼은 여유만만이었다.

아주 지랄을 떠는구나!

강철은 일단 움직였다.

저주든 마법이든 큰 거 두 개가 연달아 쏟아졌으니, 앞으로 1분가량은 쿨타임이 적은 공격들 위주로 날려 댈 거다.

'포션! 그동안 포션을 찾는다!'

강철은 혹시나 싶은 마음에 박제를 향해 사이드를 휘둘렀다. 까마귀와 독수리, 뱀 따위를 연달아 가른 뒤였다.

염병할!

포션은커녕 아무것도 나오는 게 없었다.

혹시 벽에는 뭔가 숨겨진 요소가 없을지 사이드를 뺄으려 한 순간이었다.

어라?

완드를 들던 데이먼이 급작스레 몸을 움찔거렸다.

마치 버퍼링이 걸린 것처럼 제자리에서 같은 동작을 반복했다.

하지만 그런 변화는 그리 오래가지 않았다.

데이먼의 완드가 붉은빛을 뿜은 직후에 강철의 머리 위로 악령이 커다랗게 입을 벌렸다.

띠링!

[저주-절규]

[10초간 회피율이 50퍼센트 저하됩니다.]

뭔가 있다.

이번 턴만 견뎌 낼 수 있다면!

"이깟 전투 당장 끝내 주지. 네놈 혀는 책임지고 뽑아 줄 테니 아쉬워 말고."

그러나 데이먼도 그 변화가 불안한 모양이었다.

띠링!

[저주-유리 갑옷]

[10초간 마법 저항력이 50퍼센트 저하됩니다.]

띠링!

[저주-둔화]

[10초간 이동속도가 30퍼센트 저하됩니다.]

빌어먹을 저주가 연달아 3개나 쏟아졌다.

이제 마법이 날아올 거다.

피해야 한다.

머리로는 아는데, 몸이 천근만근이었다.

집중하자! 방법은 있다!

번쩍!

그 순간 놈의 완드가 붉은빛을 머금었다.

그오오오오오!

놈의 완드에서 악령이 뿜어져 나왔다. 총 여섯에, 목표물에 도달하면 폭발해 버리던 그놈들이었다.

그뿐만이 아니었다.

투웅! 투웅! 투웅!

저주에 악령까지 더해진 탄환이 강철을 노리며 쏘아졌다.

HP가 고작 2퍼센트 남은 상황인데!

강철은 반으로 쪼개진 책상을 들어 악령을 향해 내던졌다.

퍼엉! 퍼엉! 퍼엉!

저게 근처에 와서 터지면 반드시 죽는다.

강철은 까마귀며 독수리, 염소 머리까지 베어 버렸던 걸 닥치는 대로 내던졌다.

퍼버버버벙!

놀라운 건 그럴 때마다 데이먼의 몸이 움찔댔다는 거였다.

오브젝트를 건드릴 때마다 반응한다고? 그게 공략법이었구나!

그러나 미리 쏘아 낸 탄환을 막아 내야 기회도 생기는 법이었다.

저건 책이나 박제 따위 던진다고 막아 낼 수 있는 게 아닌데!

미친 걸까? 절박한 상황이 되자 거짓말처럼 동료들의 응원이 귓가에 맴도는 거 같았다.

'감상에 젖을 시간 없다!'

강철은 등 뒤에 있는 스태프를 꺼내서는 날아오는 탄환을 향해 내던졌다.

'제발!'

휘이이이익! 탕! 타- 앙!

그중 두 발이 스태프에 맞아 허공으로 튀었고,

쐐애애애애액!

동시에 휘두른 강철의 사이드가,

타- 앙!

마지막 탄환을 튕겨 내 버렸다.

[독에 중독되어 신체 기능이 95퍼센트 저하되었습니다.]

HP 1퍼센트.

죽지 않았다.

"후우."

덕분에 이런 한숨도 쉴 수 있었다.

강철은 사이드를 쥔 채로 걸음을 옮겼다. 데이먼이 아닌 바닥에 널브러진 책을 향해서였다.

오브젝트를 두드리면 이상이 생긴다는 거잖아?

"이이이익!"

놈보다 강철이 더 빨랐다.

쐐애애애애액! 쐐애애애애액! 쐐애애애애액!

산산조각이 난 종잇장이 이리저리 흩어졌다.

책 말고도 박살 낼 오브젝트는 아직 많았다.

데이먼은 겨우 시동이 걸린 자동차처럼 제자리에서 부르르 몸을 떨고 있었다.

제3장

기다림은 몹시 익숙한 일일세

렙업하는 마왕님

쐐애애액! 쐐애애액! 쐐애애액!

정말 모든 오브젝트를 난도질하는 동안 데이먼은 몸을 계속해서 움찔거렸다.

아니, 저건 몸을 움직인다기보다 프레임이 드랍되는 것처럼 보였다.

'버그인가?'

하지만 지금 가로쉬의 NPC까지 걱정할 겨를이 어디 있겠나.

쐐애애액!

마침내 눈에 보이는 모든 오브젝트를 썰어 버린 다음이었다.

"으그그극!"

알 수 없는 소리를 내뱉던 데이먼이 석상처럼 굳어 버렸다. 시스템 이상처럼 보이던 움직임도 더는 보이지 않았다.

뭐지? 저걸 베어 버려야 퀘스트가 끝나는 건가?

강철의 물음에 대답이라도 하려는 것처럼 건물 전체가 뒤흔들리기 시작했다.

쿠구구구궁!

천장이 뒤틀렸다.

젠장! 머리 위에서 돌이라도 떨어지면 거기에도 골로 갈 수 있는 HP다.

여기까지 어떻게 왔는데!

강철이 안전한 곳을 찾기 위해 빨리 주위를 돌아보던 그때였다.

띠링!

[이 세계의 구원자]

[퀘스트를 완료하였습니다.]

[퀘스트 보상:레비아탄의 '격노' 스킬 획득]

['격노' 스킬 획득 시 스태프의 힘이 개방됩니다.]

[리안의 아공간으로 이동하시겠습니까?]

[이동하지 않을 시에 로그아웃되며 재접속이 가능합니다.]

"후아!"

커다란 한숨이 터져 나왔다.

이 지랄 같고 불친절한 퀘스트를 꾸역꾸역 깼나 보다. 그런데 뭔가를 해냈다는 기쁨보다는 허탈한 마음이 앞섰다.

염병할!

개인의 성취 때문에 온 것도 아니다.

어둠의 나라에 펼쳐지는 혼란을 막기 위해 온 거라면 공허한 마음 따위가 뭐 그리 중요하겠나.

쿠구구구궁!

탑은 아직도 뒤흔들리는 중이었다.

'리안의 아공간이라……'

문제 해결을 위해서라면 리안이란 NPC를 꼭 만나 봐야 할 거 같았다.

휴식 따위야 언제든지 할 수 있는 일이기에 강철은 자신 있게 소리쳤다.

"리안의 아공간으로 이동하겠다."

지이이이잉!

말이 떨어짐과 동시에 눈앞에 파란 포탈이 생성됐다. 강철은 망설임 없이 그 안으로 걸음을 옮겼다.

투우우우우웅!

하오가 20강짜리 창을 허공에 있는 힘껏 내던졌다.

"와아아아아!"

그러고는 목이 찢어져라 함성을 내질렀다.

"해낼 줄 알았어! 난 동생이 이길 줄 알았다고!"

하오다운 반응이었다. 기쁨을 주체 못한 나머지 20강이나 되는 창을 냅다 던져 버린 데다, 아무렇게나 소리를 질러 대는 폼이 딱 그랬다.

《전혀 믿지 못하는 눈치던데?》

스피츠가 딴죽을 놓아도 하오는 아랑곳하지 않았다.

"나는 믿어도 일단 돕고 보는 스타일이라니까!"

모두 한마음으로 강철의 승리를 바라던 차였다. 하오의 너스레가 반가운 건 그 때문이었다.

"아무리 게임을 잘해도 그렇지, 마왕님도 좀 너무한 거 아녜요? 오브젝트가 공략법이란 건 어떻게 안 거예요? 아니, 밖에 있는 사람들 기죽어서 어디 훈련하겠냔 말이에요."

비델이 평소에 않던 농담을 다 했다.

거기서 그친 것도 아니었다.

"아마 아리엘의 응원이 들렸을 거야. 그러니까 그 어려운 걸 뚝딱 해냈지. 안 그래요?"

비델의 물음에 아리엘은 환한 미소를 보여 주었다. 주위를 빛나게 만드는 웃음이었다.

하지만 그것도 잠시, 아리엘은 얼른 자리에서 일어났다.

"마왕이 저렇게 노력하는데, 우리도 얼른 훈련 시작하죠?"

아리엘의 눈빛과 말투에는 어떻게든 강철에게 도움을 주겠다는 강한 의지가 담겨 있었다.

목이 찢어져라 오브젝트를 외치던 송재균이었다.
"하아."
퀘스트 완료 메시지를 본 그는 깊은 한숨과 함께 의자에 쓰러지듯 몸을 맡겨야 했다.
몸에 힘이 하나도 없었다.
얼마나 주먹을 말아 쥐었는지 손가락 마디마디가 아플 지경이었다.
밖에서 응원하는 사람이 이 지경인데.
캡슐 안에서 이를 악물었을 강철을 생각하니 가슴이 갑갑했다.
'강철 씨는 매일 오늘 같은 압박감을 견뎌 내는 겁니까?'
송재균은 엄두가 안 난다는 듯 고개를 설레설레 저었다.
이젠 로그아웃할 법도 하건만, 강철은 리안이라는 NPC를 만나기 위해 아공간으로 이동했다.
몇 시간째 단 1분의 휴식도 없이 스스로를 한계까지 몰아붙였을 강철이다.
누구보다 쉬고 싶었을 마음을 왜 모르겠나.
자세를 고쳐 잡은 송재균은 모니터 앞으로 고개를 내밀었다.

'내가 강철 씨를 도울 수 있는 유일한 방법은 하루빨리 어둠의 나라를 정상화시키는 일뿐이다.'

어느 것 하나 놓치지 않겠다는 듯 송재균은 각오를 다졌다.

⚐

포탈을 빠져나오고 제일 먼저 마주한 건 구름이었다. 그 밑으로 골짜기가 보였다.

느닷없이 하늘에 떨어진 거다.

촤르륵! 촤아악!

강철은 그 즉시 날개를 펼쳤다.

그오오오오! 파바바바밧!

그 순간, 등 뒤에서 알 수 없는 소리와 함께 빛줄기가 터져 나왔다.

그 빛은 이내 강철에게 쏟아졌다.

띠링!

[리안의 스태프가 해독을 완료하였습니다.]

[신체 기능이 회복됐습니다.]

[독을 견뎌 내어 모든 능력치가 영구히 +30 상승합니다.]

모든 능력치를 +30이나 준다고?

신체 기능이 회복된 데다 능력치까지 올라서 그런가, 모래주머니를 떼어 낸 것처럼 몸이 가벼웠다.

강철은 주위를 빠르게 훑어보았다. 두 개의 달이 떠올라 있을 뿐, 하늘에는 별다를 게 없었다.

챙! 채앵! 까아아앙!

발아래로 보이는 골짜기에선 무슨 전쟁이라도 벌어진 것처럼 몬스터들끼리 전투를 벌이는 중이었다.

이런 게 아공간이라고?

스피츠의 그곳처럼 황량한 사막을 떠올린 강철에게 눈앞의 광경은 많이 낯설었다.

그때였다.

"끝내 도달했군."

웅장한 음성이었다. 마치 대형 스피커 앞에 서 있는 것처럼 가슴이 들썩일 정도였다.

"리안?"

그러나 주위를 둘러봐도 그럴 법한 인물은 보이지 않았다.

얼굴을 드러내지 않겠다는 건가? 뭐, 리안의 얼굴을 확인하는 게 중요한 건 아니었으니까.

"나한테 퀘스트는 왜 준 거야?"

강철은 다짜고짜 질문을 던졌다. 여기까지 온 마당에 NPC의 눈치를 볼 것도 아니라서 그랬다.

"오히려 내가 묻고 싶네. 나의 퀘스트를 수락하고 이곳까지 온 이유가 무엇이지? 데이먼의 제안을 받아들일 수도 있었을 텐데 말이야."

뭐랄까. NPC답지 않은 말투였다.

기품이 느껴지는 노신사와 대화하는 기분이었다.

"난 어둠의 나라와 가로쉬가 연결된 걸 어떻게든 끊고 싶을 뿐이야."

"마음에 있는 말을 그렇게 막 꺼내도 괜찮은가?"

"그럼 나보고 간을 보라는 거야?"

"내 말이 그렇게 받아들여질 줄은 몰랐군."

강철은 원하는 걸 정확히 말하는 스타일이다. 그래야 오해가 없고, 결과도 빨리 받아 볼 수 있다.

말하는 사람도 편하고, 듣는 사람도 편한데 굳이 빙 돌아갈 필요 없잖은가.

"어둠의 나라와 가로쉬에 연결된 끈을 없애 줬으면 좋겠는데? 그게 아니라면 너와 대화할 이유가 조금도 없거든."

부탁을 명령처럼 해 버렸다. 갑을이 바뀐 거 같긴 한데, 강철 스타일이 원래 그랬다.

"데이먼의 유혹에 귀 기울이지 않은 이유가 있었군."

강철은 리안의 답을 차분히 기다렸다.

"자네의 말이 무슨 뜻인지 잘 알겠네. 그런데 애석하게도 그건 내 영역 밖의 일일세."

젠장! 헛다리를 짚은 건가.

강철의 얼굴이 일그러지는 순간이었다.

"하지만 그 방법이 무엇인지 말해 줄 수는 있네. 물론 그

역할을 감당해야 하는 건 마왕의 몫이겠지만 말이야."

그런 건 전혀 문제 되지 않는다. 살면서 누가 대신해 주길 바란 일도, 그럴 기회도 거의 없었으니까.

"방법이 있긴 하다는 거잖아?"

"결코 쉽진 않을 걸세."

"난이도는 상관없어. 가능 여부만 묻는 거야."

"가능하네. 그건 확실하지. 그러나 오늘의 전투가 소풍처럼 느껴질 만큼 괴로울 걸세. 그래도 괜찮은가?"

강철은 원래 저런 말에 겁을 안 먹는다.

아무리 힘들어 봐야 7억 빚 안고 살았던 지난날에 비할 바는 아닐 테니까.

"그래서 뭘 하면 되는 건데?"

"당장은 기다려야 하네."

"기다리라고?"

가로쉬가 코드를 도용하지 않았다는 사실을 증명하는 게 먼저였는데, 리안은 그에 대해 정확한 언급은 하지 않았다.

"물리적인 시간이 확보돼야 하네. 이 세계의 법칙이란 것이 존재하기 때문일세."

다만, 그 사정을 알 리 없는 강철은 한발 물러설 수밖에 없었다. 몹시 정중한 대꾸여서 그렇게 반응하는 것이 당연했다.

"그쪽도 나한테 원하는 게 있을 거 아냐? 그러니까 내 말을 이렇게 들어주는 거고?"

"자네가 내 퀘스트에 임해 주는 것, 그뿐일세."

"다 깨면 무슨 일이 벌어지는데?"

"난 자네와 달리 속에 있는 말을 쉽사리 꺼내지 않는다네."

"나도 남 일에 그다지 관심을 두는 타입은 아니야."

원하는 바는 얼추 다 얻었다.

어둠의 나라와 가로쉬의 연결 고리를 끊을 수 있다는 확답을 얻은 데다 '격노'라는 스킬까지 획득했으니, 앞으로 스태프의 힘을 원할 때 발휘할 수 있을 터였다.

"난 당장 프로모션을 준비하느라 연계 퀘스트를 진행하지 못할 텐데, 그건 괜찮고?"

"기다림은 몹시 익숙한 일일세. 그만 가 보게. 때가 되면 우리는 반드시 다시 만날 수 있을 거야."

그 대화를 마지막으로 강철은 로그아웃 버튼을 눌렀다.

푸슉!

캡슐 뚜껑이 열린 다음에야 정말 끝났다는 게 실감 났다. 온몸은 땀으로 젖어 있었다.

"후우."

이 정도 고생했으면 남은 하루는 쉬어도 되는 거 아닌가.

그래도 김택수와 송재균에게 결과는 말해 줘야겠지?

강철은 무거운 몸부터 일으켰다.

일단 샤워부터 하자.

강철은 갈아입을 옷과 수건을 챙겨서는 전화를 들었다. 송재균과 통화를 하기 위해서였다.

통화 연결음은 들리는데 전화를 받지는 않았다. 한 번 더 똑같은 상황이 반복된 다음이었다.

똑똑똑!

급작스레 노크 소리가 들렸다.

로그아웃한 뒤에 기다렸다는 듯이 찾아온 사람이라면?

"예."

강철의 대꾸에 시원하게 문이 열렸다. 김택수와 송재균이었다.

"퀘스트 수행하시는 거 하나도 빠짐없이 지켜보았습니다. 정말이지 고생 많으셨습니다."

고작 몇 시간 만에 보는 거다. 그런데 김택수의 얼굴에 피곤이 덕지덕지 들러붙었다. 누가 보면 강철과 파티 플레이쯤 했다고 착각할 만한 상태였다.

그 뒤로 보이는 송재균의 상태도 비슷했다.

붉게 충혈된 눈은 얼마나 열심히 강철을 지켜보았는지를 온몸으로 부르짖는 느낌이었다.

어쨌든 결과를 말해 주기 위해서라도 찾아가려고 했던 참이다. 그런데 퀘스트 과정을 다 보고 왔다니, 생각보다 대화가 빨리 끝날 거 같았다.

강철의 방은 마땅히 앉을 자리가 없는데도 자리를 옮기자는 말이 없는 걸 보면 두 사람도 대화를 짧게 끝낼 생각인 듯했다.

"아직 완벽하게 해결되진 않았습니다만, 강철 씨의 활약 덕분에 커다란 방향이 제시된 기분입니다. 감사의 말씀을 드리고자 찾아뵀습니다."

김택수의 얼굴엔 흥분이 떠올라 있었다.

"NPC의 말대로라면 시간이 좀 필요할 거 같던데요?"

"그래도 방법이 생겼다는 게 고무적인 상황입니다."

옆에 선 송재균도 강철을 향해 밝게 웃고 있었다.

어쩌면 저 표정을 보기 위해 그 어둠을 뚫고 퀘스트를 수행했는지 모른다.

그래, 그거면 됐다.

강철은 오늘 하루의 고생을 벌써 보상받은 기분이 들었다.

이 정도면 오늘 하루쯤은 쉴 자격 충분한 거 아니냐!

"중요한 얘기 아니면 나중에 하시죠?"

강철은 들고 있던 옷과 수건을 슬쩍 들어 보였다. 그 모습을 본 김택수와 송재균은 얼른 길을 비켜 주었다.

"하아! 하아!"

포비든은 거친 숨을 몰아쉬었다.

알파런은 바닥에 쓰러져 있었다. 놈의 심장엔 장검이 박힌 채였다.

+23강 장검이다.

이 퀘스트를 깨기 위해 급히 공수된 최고의 템을 끼고도 수십 번을 도전해서야 겨우 승리했다.

고작 30퍼센트의 알파런을 상대로 말이다.

"이런 계정을 키운 놈은 도대체 얼마나 괴물이라는 거야!"

포비든이 허공에 소리를 지른 다음이었다.

띠링!

[이 세계의 구원자]

[퀘스트를 완료하였습니다.]

[퀘스트 보상으로 1차 각성이 부여됩니다.]

그토록 기다려 왔던 메시지가 떠올랐는데도 포비든은 즉시 로그아웃 버튼을 눌러 버렸다.

보상도 확인하지 않았다. 당장이라도 쓰러질 거 같아서였다.

푸슝!

캡슐 뚜껑이 열렸는데도 그는 일어서지 못했다.

"젠장."

자신에게 주어진 걸 당연하게 여기며 살았던 포비든이다. 그런 포비든이 뭔가를 얻기 위해 미친 듯이 노력을 해 봤다.

기다림은 몹시 익숙한 일일세 • 85

아무리 생각해도 처음 있는 일이었다.

놀라운 건 그 경험이 포비든으로 하여금 극심한 분노를 불러왔다는 거다.

"내가 이 정도의 시간을 투자했다면, 마왕 넌 그보다 많은 것들을 잃어야 한다. 네가 가진 게 뭐가 됐든, 그중 탐나는 게 뭐가 있는지 고민해서 모조리 뺏어 주마."

포비든은 다시 생각해도 분통이 터진다는 듯 표정을 잔뜩 일그러뜨렸다.

※

프로모션을 앞둔 상황이다. 퀘스트를 완료한 김에 쉰다고는 해도 영 찜찜한 게 당연했다.

워낙에 치열한 강철이니 더 그래야 정상이다.

에라, 모르겠다!

그러나 강철은 눈을 딱 감아 버렸다.

이 정도 고생했으면 한숨 푹 자고 일어나야 훈련에 매진할 수 있다.

강철은 침실의 문까지 걸어 잠그고는 곧장 침대에 누워 버렸다.

호호호!

지랄 맞은 퀘스트 때문에 개고생 했었다.

그래도 송재균이 활짝 웃는 걸 보니, 그 모든 걸 다 보상받은 기분이었다.

강철을 이 자리까지 오게 도와준 사람이니까.

기분 좋다.

강철은 이불을 머리끝까지 덮고는 눈을 감았다.

게임 생각 말고 자자!

그러자 거짓말처럼 어둠 속에 파묻힌 채로 자이언트 스네이크를 상대하던 장면이 머릿속에 그려졌다.

아, 쉬기로 했었지.

강철은 쓸데없는 생각 따위 떨쳐 버리려는 듯 얼른 잠을 청했다.

※

정유미는 김필중의 사무실을 제집처럼 사용했다.

얼굴도 예쁘겠다, 성격도 시원시원하지, 기자만 아니면 친하게 지내도 괜찮은 여자였다.

"우리 형식이랑 만나면 딱인디."

김필중은 원래 누구 앞에서든 당당한 사람을 좋아한다. 그래서 정유미가 마음에 들었다.

"기자 그거 사표 내고, 우리 사무실 경리로 들어오는 건 어때?"

"월급 얼마나 주실라구요?"

"거기선 얼마나 받어?"

"쩝."

입맛 한 번 다시는 게 열 마디 말보다 충분한 답이 되었다.

"돈도 안 되는 직장 때려치우고, 기술 배워. 내 동생 같아서 하는 말인 겨."

김필중과 정유미가 떠들어 대는 옆에서 박형식과 권경우, 천용진은 머리를 맞댄 채로 사발면을 먹고 있었다.

박형식이나 권경우야 그렇다손 치더라도, 넥씨 간부 출신인 천용진이 사발면 국물까지 비우는 건 보기 드문 장면이었다.

쾅쾅쾅!

바로 그때 누군가가 철문을 시원하게 두드렸다.

정유미와 대화를 나누던 김필중은 후다닥 입구 쪽으로 달려갔다.

철컹!

"오늘은 또 어떤 분이 어려움을 극복하기 위해……. 어라?"

"들어가도 되겠습니까?"

문밖에는 회색 정장을 말끔히 차려입은 남자가 서 있었다.

"그때 뵀는디?"

"장린입니다."

"그려, 맞어. 들어오셔도 되긴 허는디, 무슨 일로?"

"디퍼와 관련된 일 때문에 왔습니다."

디퍼라는 말에 김필중은 얼른 권경우에게 고개를 돌렸다.

"손님 오셨는디, 커피 안 타고 뭐 하는 겨? 형식이는 얼른 기자님 밖에다 모셔다 드리고."

권경우는 커피포트로 달려갔고, 박형식은 정유미를 들쳐 메고는 철문으로 향했다.

"숙녀한테 이게 뭐 하는 짓이에요!"

"남의 사무실에서 죽친 건 뭐 잘하는 짓인가?"

정유미는 허공에서 발만 동동 굴렸다.

소란스러운 광경에도 장린은 눈길 한번 주지 않았다.

사무실 안을 슥 둘러본 장린은 누구의 안내도 없이 바로 소파에 가 앉았다.

천용진이 사발면 용기를 차곡차곡 쌓아 자리에서 일어난 뒤에, 권경우가 커피 두 잔을 앉은뱅이 테이블 위에 가져다 주었다.

철컥!

정유미를 내쫓고 돌아온 박형식이 철문을 단단히 잠근 뒤였다.

이만하면 충분히 세팅이 끝났다는 것처럼 김필중도 자리에 앉았다.

"부라더가 디퍼 얘기는 꺼내지도 말라고 혔는디?"

"강철 씨의 허락이 떨어졌습니다."

"오잉?"

김필중은 장린의 눈을 슬쩍 살폈다.

단순히 통역 일을 하는 사람인 줄 알았는데, 이렇게 따로 만나니 앉은 자세며 눈빛에서 기백이 느껴졌다.

나이도 많지 않아 보이는데 말이다.

"우리를 찾아온 거는 역시 요원, 그니께 정보 좀 화끈하게 얻어 오라는 거 같은디?"

"그 반대입니다. 지금까지 획득한 정보를 모두 저에게 넘기시고, 더는 이 일에 개입하지 말아 주십시오."

거기까지 말한 장린은 다들 명심하라는 듯 주위를 둘러봤다.

김필중의 뒤에서 장승처럼 선 박형식이나, 화장실 근처에서 애매하게 서 있던 권경우, 천용진까지.

모두가 어떤 반응을 보여야 할지 김필중의 답을 기다렸다.

"그래도 우리 솜씨가 솔찬히 아쉬울 건디?"

"디퍼를 상대하는 일입니다. 몇 명쯤 소리 소문 없이 사라져 버린데도 이상할 게 없습니다."

"목숨 아까워허면서 일해 본 적은 없고, 뭣보다 부라더에게 공헌하고픈 이 내 마음은 어쩐댜?"

"강철 씨가 바라는 방식으로 공헌하십시오. 굳이 원치 않는 목숨을 걸 생각 마시고요."

장린은 또박또박 끊어서 대꾸했다.

그 안에 담긴 기백 때문일까? 김필중은 저 말이 권유인지, 협박인지 헷갈렸다.

  "저도 대표님을 위해 목숨 바쳐 일할 각오쯤 돼 있습니다만, 마음이 앞서 실수를 범하진 않을까 신중에 신중을 기합니다. 그게 제가 충성하는 방식입니다."

  이번엔 조언인지, 훈계인지 모를 말이 날아들었다.

  한참 나이도 어린 게!

  하지만 그런 생각이 오래가지 않은 건 장린의 눈에 담긴 열정 때문이었다.

  "제가 책임지고 강철 씨 문제를 해결하겠습니다."

  "흐음……."

  디퍼 관련된 일에서 손 떼라고 강철의 명령이 내려온 참이다. 어차피 더 나서기도 애매한 상황에 저렇게 믿음직스러운 인간이 나타난 거라면 차라리 마음 편한 상황이긴 하다.

  "형식아, 옆자리 앉아서 쥐고 있는 정보 부리핑해 드려라."

  "예, 형님!"

  김필중은 결단을 내렸고, 그 결정을 지지하듯 박형식이 목청을 높였다.

  ☙

  간만에 푹 잤다. 꿈도 안 꾼 데다, 일어났을 때 아주 개운

한 것이 보약 한 사발 제대로 마신 기분이었다.

강철은 기분 좋은 얼굴로 접속부터 해 줬다.

스피츠의 아공간은 아주 그냥 살벌했다.

아침 8시쯤 되면 다들 상쾌해야 정상인데, 여긴 죽어 가는 얼굴들이라 그랬다.

뻔하다. 퀘스트 결과를 들었을 테니 열심히 한다고 다들 난리도 아니었겠지.

강철을 제일 먼저 발견한 건 아리엘이었다.

푸슝!

새로 배운 건가?

순간 이동 마법을 활용하여 강철의 눈앞까지 바로 도달한 솜씨가 놀라웠다.

"강철 씨……."

그녀는 잔뜩 지친 얼굴로 강철의 품에 안겼다. 거의 쓰러지듯 안긴 거라, 강철은 얼른 그녀를 품에 안았다.

무슨 말이 필요하겠나.

토닥토닥.

강철은 그녀의 등을 두드려 주었다.

"와아아아아!"

뒤늦게 강철을 발견한 하오가 고함을 내지르며 다가왔.

어찌나 소리가 큰지 고막이 다 울릴 지경이라서, 강철은 얼른 아리엘의 귀를 막아 줘야 했다.

그러나 하오의 오버도 그리 오래가진 못했다.

"죽창을 준비하든가 해야지, 원."

강철과 아리엘의 포옹을 보고는 눈치껏 자리를 피한 거였다.

뒤늦게 달려온 비델 또한 강철에게 흐뭇한 미소를 지어 보이고는, 풀 죽은 하오 쪽으로 방향을 틀었다.

저 둘이 원래 같이 다녔나?

별로 중요한 건 아니라는 생각에 시선을 돌리자, 스피츠와 레비아탄이 모습을 드러냈다.

스피츠는 평소와 크게 다르지 않은 눈빛이었다. 그러나 그 옆에 선 레비아탄은 특유의 끈적한 눈으로 강철을 바라보고 있었다.

하여간, 다들 꾸준하다 진짜.

강철이 휘휘 고개를 젓자 아리엘이 부끄러운 얼굴로 한 걸음 물러섰다. 붉어진 볼이 귀어워서 강철은 하마터면 미소를 보일 뻔했다.

"흠흠."

강철이 표정을 숨기기 위해 스피츠를 향해 걸음을 옮길 때였다.

띠링!

「강철 씨, 바로 훈련에 돌입하시는 겁니까?」

「예. 쉬었으니까, 또 달려야죠.」

접속을 기다리고 있었는지 송재균의 메시지가 날아왔다.

강철이 가만히 서 있으면 다른 멤버들도 어련히 송재균과 귓말을 하겠거니 할 정도라서, 강철도 별다른 설명은 하지 않았다.

「강철 씨, 리안의 퀘스트는 포비든에게도 주어졌고, 어제부로 퀘스트를 완료했다는 메시지를 받았습니다.」

「똑같은 퀘스트였나요?」

「그건 확인할 수 없습니다. 다만 리안이 퀘스트를 줬다는 것, 그리고 보상이 무엇인지까지는 체크했습니다.」

자만하는 건 아니다. 그러나 살인적인 난이도의 퀘스트를 수행할 수 있을 만큼의 실력자가 또 있을 줄은 몰랐다.

강철은 그 사실이 놀랍고, 또 재밌었다.

그런 상대와 벌이는 프로모션이라니!

쿵쾅쿵쾅!

강철의 얼굴에 절로 미소가 드리워진 다음이었다.

「제가 강철 씨에게 메시지를 드린 건 포비든이 받은 보상 때문입니다.」

강철의 반응과 달리 송재균은 제법 걱정스러운 눈치였다.

「포비든은 1차 각성이란 보상을 받았습니다. 문제는 어둠의 나라에는 각성 시스템이 없다는 것입니다. 혹시나 싶어 알아보니, 역시나 가로쉬에 있는 시스템이었습니다.」

강철은 남이 어떻게 훈련하든 별 신경 안 쓴다. 더구나 지금처럼 자신감이 붙은 상황에선 더더욱 그랬다.

「포비든은 현재 가로쉬에 있는 탓에 제가 직접 데이터를 받아 볼 수 없는 상황입니다. 당연히 얼마나 강한 위력을 발휘할지 판단할 수가 없습니다.」

「좀 강력했으면 좋겠는데.」

「예?」

「그 고생해서 스킬을 얻었는데, 적이 딱 한 방에 나가떨어지면 저도 허무하고, 보는 사람도 허무하니까요.」

예상치 못한 대답이었는지 송재균은 아무런 답을 하지 못했다.

「퀘스트를 깨고 얻어 낸 보상이라면 사용하는 게 맞다고 봐요, 저는. 더구나 최강의 상대와 싸우는 게 더 가슴 뛰는 일이기도 하고요.」

「강철 씨의 생각보다 훨씬 강력할 수도 있습니다.」

이번 프로모션은 강철 혼자만의 싸움이 아니다. 그래서일까? 강철은 하오를 떠올렸다.

이 기회에 알리베이를 최고의 기업으로 키우겠다고 노래를 불렀었다. 중국인들의 가슴에 자긍심을 심어 주겠다고 발에 땀나도록 뛰었다.

그런 하오를 두고 적이 강해질 기회마저 박탈시키면서 승리를 거머쥔다 한들 그게 무슨 의미가 있겠나.

「저는 더 강해진 포비든과 싸우고 싶어요.」

강철의 답이 있고, 대략 1분쯤 아무런 메시지가 오지 않았다. 송재균 나름대로 고민을 하는 게 분명했다.

띠링!

「개의치 않는다는 의견이시지요?」

「네.」

「알겠습니다. 대신 포비든의 데이터를 확보했을 때, 밸런스가 지나치게 무너졌다는 판단이 서면 개발자의 입장에서 바로 조치하도록 하겠습니다.」

강철이 고개를 끄덕이는 것으로 두 사람의 대화가 끝났다.

이 정도면 충분하다는 생각에 강철은 주위를 훑어보았다. 곳곳에 훈련의 흔적들이 남아 있었다.

"모여 봐."

앞뒤 자른 말이었는데도, 말이 떨어지기 무섭게 모두가 강철의 앞으로 나아왔다. 심지어 스피츠와 레비아탄까지 강철의 말을 기다릴 정도였다.

"내가 합류했다 뿐, 훈련 내용은 똑같아."

거기까지 말한 강철은 아리엘을 바라봤다.

품에 안고 등을 두드려 줄 때와는 전혀 다른 눈빛이라서 아리엘은 바짝 긴장한 얼굴이었다.

"개인 훈련의 성과는?"

"90퍼센트쯤 완료됐어요."

3일 안에 퀘스트를 깨라고 했었다. 이틀 만에 90퍼센트까지 왔다면 확실히 노력했다는 뜻이다.

"하오는?"

"마왕이 말한 대로 체력이 떨어지면 집중력이 완전히 흩어지더라고. 스피츠가 짜 준 훈련 스케줄이야 벌써 소화했고, 지금 다음 단계를 준비 중이지."

강철이 스피츠를 쳐다보자 동의한다는 듯 고개를 끄덕여 주었다.

스피츠가 인정할 정도라면, 뭐.

"비델?"

"스위칭 속도가 확실히 빨라졌어요. 사사키만큼은 아니더라도, 저주와 버프를 번갈아 쓰는 데는 문제가 없어요."

"사사키만큼 빨라져야 돼."

"…예."

강철의 말에 비델은 고개를 숙이며 풀 죽은 듯 대꾸했다.

모른 척하려고는 했지만, 하오가 그녀에게 보내는 눈빛이 예사롭지 않아 보였다.

어휴! 저 인간!

"아무래도 하오가 직접 비델의 훈련을 도와주는 게 좋을 거 같은데?"

"응?"

남녀 관계는 잘 모른다.

근데 저 표정을 보고 있자니, 하오가 직접 돕는 게 능률이 높다는 것쯤은 쉽게 짐작할 수 있었다.
"앞으로 열흘간 동일한 훈련이 반복될 거야. 매일 똑같은 나날의 연속이겠지만, 각오 단단히 하고 버텨 내자고."
"좋아! 아주 좋아!"
하오 혼자 신을 내는 앞에서, 비델이 슬쩍 다가와 조용히 입을 열었다.
"감사해요."
하오랑 파트너를 하게 해 줘서 고맙다는 건가?
"마왕군이 마왕을 돕는 거야 당연한 일인데, 본사에까지 따로 연락을 해 주실 줄은 몰랐어요."
아!
강철은 뭐라고 답을 해야 할지 몰라, 금방 몸을 돌려 버렸다.
'이 멤버와 함께라면 일주일쯤 후딱 지나가지 않을까?'
그러고는 조용히 고개를 끄덕였다.

제4장

떨어야 하는 거예요?

렙업하는 마왕님

 정확히 일주일이 지났다. 살인적인 개인 훈련을 모두가 군말 없이 감당해 냈다는 뜻이다.
 이제는 그 노력의 성과를 눈으로 확인할 때였다.
 스피츠와 레비아탄, 비델은 모든 준비를 마쳤다는 듯 강철의 사인을 기다리고 있었다.
"저쪽은 다 된 거 같은데?"
 강철은 아리엘과 하오를 번갈아 바라보았다.
 프로모션을 이틀 앞두고 오래간만에 맞춰 보는 팀플레이니만큼, 중압감과 긴장감이 잔뜩 뒤섞인 얼굴들이었다.
 그렇게 노력했는데 당연히 떨리겠지.
 강철은 씩 웃어 주었다.

"내가 앞장설 거야."

별거 아닌 그 말인데도 꽤 위안이 됐나 보다.

"우리 실력에 상관없이 강철 씨 눈높이에서 오더를 내려 줘요. 어떻게든 따라갈 테니까."

"흐흐흐! 공수 조율은 내가 확실하게 해 둘 테니, 동생은 화끈하게 플레이하라고."

아리엘과 하오가 각오를 보여 주어서, 강철은 스피츠를 향해 자신 있게 고개를 끄덕였다. 그러자 기다렸다는 듯 하늘에 먹구름이 드리웠다.

저 틈을 비집고 벼락이 떨어지면 대결 시작이다.

"바로 공격을 할 거야. 아리엘은 히든 스킬 두 개를 동시에 써서 주도권을 잡아."

"예."

"하오는 아리엘을 지키면서 내 오더를 기다려. 사인을 주면 바로 나와 협공을 하는 거야."

"오우케이."

하오의 답이 있은 직후였다.

번쩍! 콰직! 쩌저저저저적!

전투의 시작을 알리는 벼락이 떨어짐과 동시에 강철은 스피츠를 향해 몸을 날렸다.

촤아아아악!

스피츠는 지지 않겠다는 듯 입을 쩍 벌려서는 브레스를

내뿜었다.

콰아아아아!

강철은 불길을 뚫으며 스피츠의 목을 향해 날았다.

부우우우웅!

곧바로 레비아탄의 꼬리가 날아들었고,

그오오오오!

비델의 이동속도 제한 디버프가 터져 나왔다.

쐐애애애액! 까앙!

강철은 일단 레비아탄의 꼬리를 사이드로 막아 세웠다.

그 틈을 노려 스피츠의 브레스는 기세를 더했고, 비델 또한 다양한 디버프를 추가로 시전하는 중이었다.

'나한테 집중한다 이거지?'

그럼 이쪽도 꿇릴 거 없다.

「하오, 비델을 노려!」

타다다다닥!

하오의 발소리가 분명하게 들렸다.

「아리엘! HP 펌핑하고, 하오를 지원해!」

강철의 명이 떨어짐과 동시에 '하아아앗!' 하고 아리엘 특유의 기합이 허공을 가로질렀다.

푸슈웃! 슈슝! 콰과과과광!

비델에게 역으로 집중 공격이 쏟아지는 상황이었다.

쏴아아아아악!

레비아탄도 더는 강철을 노리지 못하고는 비델을 지키기 위해 방향을 틀었다.

강철을 노린다는 작전이 순식간에 무너진 거였다.

촤아아아아악!

강철은 기세 좋게 스피츠를 노렸다.

방향을 틀어 비델을 노리는 방법도 있었지만, 강철은 정공법을 택했다.

쐐애애애애액! 쩌저저저저적!

시원하게 휘두른 사이드에 스피츠의 목에서 핏줄기가 터져 나왔다.

크르르릉!

짧게 울부짖은 스피츠는 강철을 향해 머리를 휘둘렀다.

부우우우웅! 쐐애애애액! 콰강!

그러나 그것조차 막혀 버리고는 스피츠의 몸에서 다시 피가 터져 나왔다. 스피츠가 몸통 박치기와 꼬리 공격을 연달아 시도한 뒤였다.

쐐애애애액! 쩌저저저적! 푸슛!

강철이 그 모든 것을 막아 내고 반격까지 해내자, 스피츠는 끝내 휘청이고 말았다.

더 이상의 전투는 의미가 없다는 것쯤은 강철과 스피츠 모두 알고 있었다.

《마왕, 결국 여기까지 왔는가.》

스태프의 힘을 발휘하지 않고도 스피츠를 상대로 압도적인 승리를 따냈다.

극한까지 몰아붙인 리안의 퀘스트가 확실히 성과는 있었던 모양이다. 물론 그 뒤로도 악착같이 개인 훈련에 매달렸지만 말이다.

《축하하네. 날 한참이나 뛰어넘었군.》

스피츠가 진심으로 기뻐해 주었다.

하지만 그 안에 숨은 허탈함을 왜 모르겠나.

《표정이 왜 그렇지? 마왕과 내가 경쟁 관계도 아닌 데다, 이 세계를 위해 힘써 줄 마왕을 떠올리면 오늘의 성장은 너무나 기쁜 일일세.》

스피츠는 도리어 강철의 감정까지 챙기는 눈치였다.

마왕군과 스피츠, 레비아탄을 위해서라도 이 땅을 정상화시킨다, 진짜.

"후우."

각오를 다지듯 크게 숨을 뱉어 낸 강철은 스피츠를 바라봤다.

"내가 빠질 테니까, 아리엘과 하오를 좀 압박해 줬으면 좋겠는데?"

안 그래도 아리엘과 하오는 적들을 완벽히 압도하는 중이었다.

《맡겨 주게.》

스피츠는 말이 떨어지기 무섭게 아리엘을 향해 몸을 날렸다.

쏴아아아아악!

엄청난 날갯짓이었다.

"에잇!"

놀랍게도 하오가 그에 반응했다.

타다다다닥! 슈우우우욱!

오히려 스피츠에게 먼저 달려든 하오는 기어코 선공을 날려 버렸다.

"아리엘! 스피츠를 맡을 테니까, 비델을 노려!"

오더마저 척척 내렸다.

강철은 온몸에 털이 쭈뼛 서는 느낌이었다. 하오의 노력이 고스란히 전달되는 기분이라 그랬다.

콰아아아아아!

물론 스피츠의 브레스 앞에 주춤한 건 사실이었다.

강철처럼 모든 공격을 뚫고 스피츠를 압도할 만큼의 위력도 없었다.

그러나 눈에서 뿜어져 나오는 기백만큼은 전에 알던 하오와 달라도 너무 달랐다.

"하아아아앗!"

아리엘의 발전도 눈부셨다. 히든 스킬을 두 개나 중첩한 그녀의 위력은 상상을 초월했다.

크워어어어어!

마법 저항력이 최고치에 달하는 레비아탄의 입에서 비명이 터져 나올 정도였다.

푸슛!

아리엘은 레비아탄의 공백을 놓치지 않고, 순간 이동 마법을 활용해 비델의 코앞까지 전진했다.

콰과과과과광!

그러고는 비델의 머리 위로 화염 운석을 떨어뜨렸다.

비델은 기를 쓰며 피했고, 회복한 레비아탄마저 브레스를 뿜는 앞이었다.

하지만 아리엘의 집념이 그보다 대단했다.

콰직! 콰지지지직!

지진을 일으켜 비델의 발을 묶은 아리엘은,

푸슛!

순간 이동으로 브레스를 피해 낸 직후에,

콰과과과과광!

전보다 몇 배는 더 커진 화염 운석으로 비델을 쓰러뜨렸다.

그렇게 실전과 다름없던 훈련이 끝났다.

《정말 놀랍군. 고작 일주일이었을 뿐인데.》

레비아탄의 시선은 아리엘에게 고정되어 있었다.

《마왕의 주위에선 기적이 쏟아지는 느낌이군. 마왕의 힘을 나눠 받기라도 하는 건가?》

진담과 농담이 뒤섞인 레비아탄의 물음이 더해졌다.

그래, 이 정도의 노력이 모였다면 반드시 승리를 따내야 한다.

"오늘 하루는 푹 쉬고, 내일 스미든에게 장비를 받은 뒤에 마지막으로 손발을 맞춰 보는 걸로 하자."

강철은 마지막 오더를 내림과 동시에, 모처럼 기분 좋게 로그아웃 버튼을 눌렀다.

슈웅!

캡슐 뚜껑이 열리고 천장이 보이기 무섭게 바지춤에서 진동이 울렸다.

휴대폰을 꺼내 보니 송재균의 이름이 크게 떠올라 있었다.

"예, 개발자님."

(오늘 방송사 인터뷰가 있습니다.)

아, 벌써 시간이 그렇게 됐나.

인터뷰 한 번에 두 배의 돈을 번다니까!

'얼굴에 금칠한 것도 아니고 까짓것 하지, 뭐.'

그렇게 승낙했던 게 바로 오늘인가 보다.

(오늘의 촬영 영상은 아마 내일 중으로 KTBC 뉴스에 방송될 예정입니다.)

"어디로 가면 되는데요?"

(의상과 헤어, 메이크업 팀이 준비 중입니다. 강철 씨 방에 곧 도착할 겁니다.)

의상, 헤어, 메이크업이라고?

강철은 너무나도 낯선 단어들 앞에서 할 말을 잃고 말았다.

강철을 꾸미기 위해 분주하던 방이 순식간에 조용해졌다. 모든 준비가 끝나고, 강철과 송재균만 남은 탓이었다.

강철은 전신 거울에 비친 자신의 모습을 바라봤다.

'이게 나라고?'

포마드를 바른 머리는 멋스럽게 뒤로 넘겼다.

와! 이거 평소라면 절대 시도해 볼 수 없는 머리인데, 전문가의 손을 타서 그런지 느끼함이 전혀 없었다.

정장에 구두, 벨트까지, 모두 한 브랜드라고 했다.

가격을 다 합치면 천만 원에 육박한다던가.

"이게 다 협찬이라고요?"

"예. 마왕의 옷을 협찬한다고 하니 수많은 업체가 줄을 섰습니다."

강철의 물음에, 뿌듯한 눈으로 지켜보던 송재균이 기분 좋게 대꾸해 주었다.

"잘못 입었다가 늘어나기라도 하면 제가 물어 줘야 하는 거 아니에요?"

"그럴 리가요. 강철 씨를 위해 증정된 품목들이고, 따로 모델료까지 받게 되실 겁니다."

그런 건 연예인들에게나 해당되는 말 아닌가.

강철의 표정을 읽었는지 송재균이 말을 이었다.

"프로모션을 이틀 앞둔 상황입니다. 세계의 이목이 마왕에게 쏟아지고 있으니, 어느 업체라도 달려들고 싶은 게 당연할 겁니다."

매일 캡슐 안에서 훈련만 하는 강철이다. 저런 말이 실감나면 그게 이상한 거다.

똑똑똑!

때마침 노크 소리가 들렸다.

"예."

의상팀이 뭘 놓고 간 게 있나 싶어 대꾸한 거였다.

그런데 문을 열고 들어온 건 뜻밖에도 아리엘과 하오, 장린이었다.

"어?"

강철을 본 아리엘은 눈을 크게 뜰 뿐 말을 잇지 못했다.

"좀 어색하지?"

강철의 물음에 아리엘은 절레절레 고개를 저었다.

"멋있어요. 정말 잘 어울려요."

"이야, 내 동생 죽이는데? 인물이 확 사네, 확 살아."

신기한 일이다. 몸에 맞지 않는 옷을 입어 답답하던 차에, 하오 특유의 오버를 듣자 숨이 탁 트이는 기분이었다.

그래서일까?

"어차피 세 사람이 싸우는 건데, 두 사람 다 같이 인터뷰하는 게 어때요?"

강철의 제안에 송재균이 얼른 아리엘과 하오를 돌아보았다.

"그편이 제일 좋긴 합니다만, 두 분 괜찮으시겠습니까?"

이럴 땐 강철이 나서는 게 최고다.

"아리엘, 오늘의 인터뷰가 아버님 사업에 분명 도움이 될 거야."

아무래도 아리엘은 부담스러워하는 눈치였다.

"내가 옆에 있을 텐데, 괜찮지 않을까?"

살짝 당황한 눈치의 아리엘도, 강철이 함께할 거란 말에 이내 고개를 끄덕여 주었다.

이내 강철의 시선이 하오에게 향했다.

"나까지 출연하라고?"

"왜? 뭐, 얼굴 팔리면 문제 될 거라도 있어? 알리베이를 세계 최고의 기업으로 키우겠다며? 전 세계가 지켜보는 앞에서 제대로 포부를 밝힌다고 생각해."

"에잇! 동생 말인데 들어야지!"

하오는 이런 시원시원함이 좋다.

"헤어, 메이크업 팀을 다시 부르도록 하겠습니다."

송재균이 급히 전화를 들려는 앞에서, 하오가 괜찮다는 듯 손을 저었다.

"저는 제 팀이 따로 있습니다."

하오의 말이 떨어지기 무섭게 장린은 황급히 휴대폰을 꺼내 들었다.

꽃단장을 한 하오와 달리 아리엘은 깔끔한 정장을 입었다. 메이크업이나 헤어 모두 과하지 않게, 딱 적당히 했다.

그 정도면 충분했다, 아리엘은.

그녀의 얼굴은 살짝 상기돼 있었다.

"떨려?"

"강철 씨가 옆에 있으니까 괜찮아요."

사람들 앞에 서는 걸 좋아하지 않는 아리엘이다.

강철은 그녀의 손을 꼭 잡아 주었다. 옆에 꼭 붙어 있을 테니까, 떨지 않아도 된다는 뜻이었다.

하오는 뭔가 대단한 걸 준비한 것처럼 종이에 쓰인 글씨를 열심히 읽어 내려가는 중이었다.

똑똑!

그 순간 노크 소리가 들려왔다.

"들어오세요."

강철의 말에 문이 열리며 송재균이 들어왔다. 어디서 많이 본 남자와 함께였다.

멋지게 빗어 넘긴 머리에다 테가 얇은 안경까지.

저 남자를 어디서 봤더라?

"이분이 마왕, 강철 씨입니다."

송재균의 소개가 있자, 중년의 남성이 인사와 함께 손을 내밀었다.

"처음 뵙겠습니다. KTBC 사장, 김석희입니다."

아, 그래! 뉴스에서 봤었지!

반갑게 인사를 한 강철이 김석희와 악수를 하였다.

아리엘과 하오까지 차례로 인사를 한 다음이었다.

"카메라 앞에 서는데 떨리진 않으십니까?"

김석희가 특유의 목소리로 물었다. 벌써 인터뷰가 시작된 느낌이었다.

"떨어 봐야 실수만 할 텐데요, 뭐."

"역시 마왕다운 답변이시군요."

김석희는 검지로 안경을 고쳐 쓰고는 말을 이었다.

"저는 게임은 잘 모릅니다만, 강철 씨가 보여 준 열정만큼은 인상 깊게 보았습니다. 오늘 인터뷰 잘 부탁드리겠습니다."

"아, 궁금한 게 하나 있는데."

고개를 돌리려던 김석희를 강철의 말이 붙들어 세웠다.

"KTBC쯤 되면 아무리 거대한 기업의 비리라도 두려움 없이 보도하나요?"

질문의 저의를 파악하던 김석희는 이내 당당한 얼굴로

입을 열었다.

"진실에 다가서는 일이라면 그게 무엇이 됐든 보도합니다."

"모든 걸 잃어도요?"

"진실을 외면한 그 자체로 모든 것을 잃는 겁니다. 그게 언론인이니까요."

강철은 김석희의 눈을 똑똑히 바라봤다.

아빠의 권리를 되찾게 되는 날, 그 뉴스를 꼭 저 사람이 읽어 줬으면 좋겠다.

생각이 거기까지 미치자, 돈 버는 거 외엔 별 의미가 없다고 여겼던 인터뷰가 제법 기대되기 시작했다.

"그런 질문은 왜 하시는 건지 여쭤봐도 되겠습니까?"

하오나 장린, 송재균쯤 되면 그런 질문을 왜 던졌는지 대충 눈치챘을 거였다.

"살면서 나쁜 인간들 만나면 KTBC에 제보하려고요."

강철은 웃으며 대꾸했다. 그러자 김석희도 기품 있는 미소를 보여 주었다.

"인터뷰 준비가 끝났다고 하는데요?"

송재균의 말에 강철과 그 일행은 모두 프레스룸으로 걸음을 옮겼다.

강철과 아리엘, 하오의 캐릭터가 프레스룸 벽면을 가득 메우고 있었다.

프로모션 홍보 포스터였는데, 넥씨가 또 저런 건 죽여준다.

방송용 카메라 일곱 대가 서로 다른 방향에서 강철을 찍기 위해 설치돼 있었다.

앵커와 카메라맨 몇 명 와 있을 줄 알았다. 그런데 눈에 보이는 스태프만 해도 생각보다는 많이 와 있었다.

송재균의 안내를 받아 강철은 단상 정중앙에 앉았다. 그 오른쪽으로 아리엘이, 왼쪽으로 하오가 위치했다.

김석희의 자리는 한편에 따로 마련돼 있었고, 그를 찍는 카메라도 따로 설치돼 있었다.

"강철 씨, 오늘 녹화분은 내일 뉴스에 한 꼭지로 방송될 예정입니다."

"그렇군요."

"5분 뒤에 인터뷰를 진행해도 괜찮겠습니까?"

김석희의 물음에 강철은 아리엘을 돌아보았다.

"전 괜찮아요. 제 의견 안 물어보셔도 돼요."

아리엘은 긴장되는지 손에 밴 땀을 자꾸만 닦아 내고 있었다.

강철은 곧 김석희에게 시선을 던졌다.

"10분 뒤에 진행하는 걸로 하시죠?"

"좋습니다."

두 사람의 대화가 끝나자 카메라에 하나둘 불이 들어오기 시작했다.

"고마워요, 강철 씨."

강철은 마이크가 설치된 테이블 아래로 손을 뻗었다.

꼬옥!

그러고는 아리엘의 손을 감싸듯 잡아 주었다.

카메라가 여러 대 있었지만, 지금은 그녀의 긴장을 풀어 주는 게 더 중요했다.

하오는 아직도 종이에 있는 말을 계속해서 읽어 대는 중이었다.

천하의 하오가 저렇게 열심히 뭔가를 준비하는 모습이라니.

세계 최고의 기업을 만들고 싶다던 하오의 말이 지금 이 순간만큼은 몹시 절실하게 느껴졌다.

10분의 시간은 생각보다 빨리 흘렀다.

모든 카메라에 불이 들어왔고, 모든 스태프들의 시선이 강철에게 집중되었다.

오프닝 멘트 같은 거야 따로 녹화를 따면 되는 상황이라 별다른 절차 없이 바로 질문부터 시작되었다.

"그동안 마왕의 존재가 철저히 베일에 싸여 있었습니다. 특별한 이유가 있었습니까?"

"연예인도 아니고, 특별히 전면에 나설 필요가 없었으니까요."

"그런데 이번 인터뷰에 응한 이유가 있으십니까?"

"돈 때문입니다. 제가 인터뷰를 하면 넥씨 소프트가 더 많은 돈을 벌 수 있을 거 같아서 응했습니다."

"KTBC의 과감한 투자 덕분이라, 이 말씀이시군요?"

"그런 셈이네요."

카메라 여러 대에 불이 들어온 데다 사방팔방에서 조명을 쏘아 대는 상황이다.

그런데도 신기하게 별로 떨리지 않았다.

"단도직입적으로 묻겠습니다. 이번 승부는 어떻게 예상하십니까?"

"어려운 싸움이 될 게 분명하지만, 마지막 승리는 우리에게 올 거라고 믿습니다."

"팀플레이는 처음이라 걱정이 있으실 거 같은데요?"

팀원을 믿는다느니 하는 식의 답은 낯간지러워서 차마 입 밖에 내지 못했다.

"어둠의 나라 유저치고 팀플레이가 익숙한 사람은 없을 겁니다. 동일한 조건이라면 진다는 생각은 하지 않습니다."

"대단한 자신감이시군요."

"그럴 만하다고 생각합니다."

충분히 노력했다.

더구나 상대가 디퍼라면 망설이거나 물러서는 모습을 보

이고 싶지 않았다.

"아시다시피 상대팀의 주축인 포비든은 디퍼의 후계자로 알려져 있는데요. 금전적 지원을 바탕으로 굉장한 아이템을 준비할 수 있다는 평이 지배적입니다. 그 점은 어떻게 대비하고 계십니까?"

바로 그때, 장린의 통역에 집중하던 하오가 마이크를 향해 몸을 기울였다.

"사회자님은 내가 누군지 모르십니까? 돈이라면 절대로 밀리지 않습니다."

어쩐지 아무 말 없이 잘 참는다 했다.

김석희는 검지로 안경을 추어올리며 입을 열었다.

"말씀이 나온 김에 하오 씨에게도 질문을 드리겠습니다. 중국 프로모션 때만 해도 강철 씨와 앙숙이셨던 걸로 알려져 있습니다. 내기까지 했던 걸로 알고 있는데, 어쩌다 이렇게 팀을 이루게 되신 겁니까?"

"마왕의 의지가 워낙 죽여주니까요."

통역하는 장린이 곤란해하자, 하오가 김석희를 돌아보았다.

"편하게 말씀하셔도 괜찮습니다. 용어 관련된 문제는 저희가 편집해서 내보내도록 하겠습니다."

수천만이 봤던 중국 프로모션 때도 하오는 말을 가려 한 적이 없었다.

어차피 녹화 방송인데 뭐 어떠냐는 식으로 하오가 말을

이었다.

"게임에서 그 대단한 남자가 현실에서는 어떨지 궁금해서 달려왔습니다. 어휴, 현실에서는 더 멋있기에 다짜고짜 한국에 눌러앉았습니다. 완전히 반해 버린 거지요."

"반했다는 말을 곧이곧대로 받아들여도 되는 겁니까?"

김석희가 농담조로 던진 질문이었는데, 하오도 그 안에 담긴 유머쯤 충분히 이해하는 듯했다.

"뉴스에는 좀 다르게 나가야 어울리겠네요."

하오는 이내 진지하게 표정을 바꾸고는 말을 이었다.

"천하의 하오가 처음으로 인정한 남자입니다. 이 프로모션에 뛰어든 이유도 오로지 강철 때문입니다. 그와 함께라면 우리 알리베이가 세계 최고의 기업이 될 수 있다고 믿었습니다."

"강철 씨를 사업의 파트너로 보고 계신다는 뜻입니까?"

"자세한 건 이 자리에서 설명해 드리기 어렵습니다. 그러나 한 가지 확실한 건, 강철이라는 사람의 마음을 얻기 위해 알리베이가 총력을 다하고 있다는 사실만은 분명히 말씀드릴 수 있습니다."

저 인간이 또 쓸데없는 말을 꺼냈다.

왜 오버를 하냐는 의미로 고개를 돌리자, 하오는 진심이라는 것처럼 고개를 끄덕였다.

"동료분들의 이야기가 나왔으니 다시 질문드리겠습니다.

송지윤 씨?"

 김석희의 말에 아리엘이 화들짝 놀랐다.

 강철이 손을 꼭 잡아 주자 놀란 표정은 조금씩 진정되기 시작했다.

"송지윤 씨에게 마왕은 어떤 동료인가요?"

 묻는 즉시 바로 답을 던지던 강철과 달리, 아리엘은 입을 열기 전에 잠시 시간을 두었다.

 답을 생각한다기보다 마이크에다 말을 하기 위한 나름의 결심이 필요해 보였다.

"저에게 마왕은 가장 의지가 되는 사람이에요."

"누구보다 믿음직한 플레이어라는 뜻인가요?"

"게임이나 현실 모두 가장 의지하는 사람이에요."

 이번엔 아리엘이 강철의 손을 꼭 잡았다.

 손끝으로 진심이 전달되기 바라는 사람처럼 그녀는 강철의 손을 놓지 않았다.

"하오 씨나 송지윤 씨 모두 적극적인 지지를 보내고 있군요. 강철 씨가 팀플레이에서 자신감을 보인 이유를 알 것도 같습니다."

 인터뷰는 그 뒤로도 한 시간쯤 더 진행되었다.

쿠오오오오오오!

각성 상태의 포비든은 가로쉬 특유의 어두운 기운을 한껏 머금고 있었다.

"후우! 후우!"

숨을 뱉을 때마다 검은 연기가 터져 나올 정도였다.

[악마화가 30초 남았습니다.]

바닥엔 60퍼센트의 알파런이 널브러진 채였다.

프랑스의 테라와 일본의 사사키가 도움을 주었다고는 해도, 60퍼센트나 되는 알파런을 압도한 건 분명 대단한 성과였다.

"흐흐흐! 승부는 정해진 것과 다름없군."

"버프를 굳이 걸어야 하나 싶을 정도야."

테라와 사사키가 우스갯소리를 뱉어 낸 다음이었다.

찌릿!

포비든이 그 둘을 노려보았다.

악마화 상태라서 그런지, 정말 뿔 달린 괴수가 살기를 뿜어내듯 엄청난 기세가 뿜어져 나왔다.

테라와 사사키는 그 즉시 고개를 숙였다. 마치 씻을 수 없는 죄를 지은 것처럼 잔뜩 어두운 표정들이었다.

"난 이번 프로모션을 통해 마왕의 모든 것을 뺏는다. 너희도 그런 각오로 덤비지 않는다면 그다음 차례는 테라, 사사키 너희들이 될 수도 있다는 걸 명심해야 될 거야."

디퍼의 후계자가 대놓고 던진 경고다.

테라나 사사키도 대단한 집안에서 태어났지만, 비교 대상이 디퍼라면 얘기가 달라진다.

두 사람의 표정이 더욱 어두워진 건 그 때문이었다.

그오오오오오!

포비든의 악마화가 사라지고 원래의 모습으로 돌아올 동안에도 두 사람은 숙인 고개를 들지 못했다.

"내가 너희를 택했다. 포비든에게 선택받았다면 모든 걸 내걸고 싸우란 말이다!"

두 사람이 완전히 꼬리를 말았다고 생각했을까.

포비든은 굳은 얼굴로 로그아웃 버튼을 눌렀다.

꿀꺽!

스미든의 목울대가 거칠게 움직였다.

부채를 든 케인과 주사형 포션을 쥔 베인, 리안의 파편을 챙기던 알다라하며, 아이템을 공수해 오던 폭룡까지.

모든 NPC들의 시선이 일순간 스미든의 모루에 집중되었다.

"으라차차!"

숨이 멎을 만큼 긴장되는 순간에도 이런 기합을 넣는 게 스미든이다.

불끈!

스미든의 팔 근육이 잔뜩 부풀어 올랐다. 그러고는 곧 그의 시선이 모루 위, 사이드에 꽂혔다.

22강 사이드다.

포비든이 23강 장검을 띄우지만 않았다면, 스미든이 가보로 남길 만큼의 미칠 듯한 고강템인데!

'마왕이 강화로 지는 건 내 절대 볼 수 없다아아아아!'

각오가 선 것처럼 스미든이 망치를 번쩍 치켜세웠다.

"간다- 아!"

부우우우우웅!

스미든의 망치가 시원하게 바람을 갈랐고,

까- 앙!

사이드 위에 올려 둔 강화석을 제대로 두드린 순간,

번쩍!

눈부신 빛이 사방으로 쏟아져 나왔다.

"제바아아아알!"

스미든의 울부짖음이 마왕성의 대전을 꽉 채운 순간, 뜻모를 함성이 터져 나왔다.

모든 인터뷰가 끝난 뒤, 송재균은 자신의 방으로 돌아왔다. 송재균은 제일 먼저 김택수에게 전화부터 걸었다.

(인터뷰는 잘 마쳤습니까?)

"예. 방송 관계자들 모두 만족한 얼굴인 걸 보면 기대해 봐도 좋을 거 같습니다."

(다행이군요. 프로모션이 코앞인데, 서버는 좀 어떻습니까?)

김택수는 원래 그런 세세한 부분까지 확인하지 않는다.

송재균을 믿는다는 의미에서 모든 걸 일임하는 게 그의 스타일인데도 오늘은 콕 집어 서버를 물어 왔다. 전과 같은 실수가 반복되지 않았으면 좋겠다는 뜻이 분명했다.

"3중으로 대비를 해 두었습니다."

(동종 코드를 공격하는 유형이 프로모션 중에 발생할 위험은 없습니까?)

"강철 씨가 리안의 퀘스트를 수행한 후, 거짓말처럼 잠잠해졌습니다."

(가로쉬에서 우리를 방해하기 위해 데이터를 보낼 확률은요?)

"전처럼 내부에서 방화벽을 일부러 열지 않는 한, 그런 일이 발생하지 않도록 락을 걸어 두었습니다. 관리 권한도 저만 갖도록 변경해 두었으니 문제없습니다."

무거운 침묵이 수화기를 통해 넘어왔다. 혹시라도 잊은 게 없는지 확인하는 거 같았다.

"오늘 중으로 포비든의 데이터를 보내 준다고 했습니다. 그것까지 확인한 뒤에 최종 보고를 드리겠습니다."

(그럼 그렇게 하도록 하지요.)

그제야 만족스럽다는 듯 김택수는 전화를 끊었다.

전 세계의 이목이 집중된 프로모션이다. 김택수가 저토록 날카로운 반응을 보이는 것도 무리는 아니었다.

수화기를 내려놓은 송재균은 딱딱하게 굳은 얼굴로 이메일을 확인해 보았다.

넥씨 북미 법인에서 보내온 포비든의 데이터가 벌써 와 있었다. 가로쉬에서의 훈련 결과를 넥씨에서 활용할 수 있게 해 달라는 요구까지 덧붙인 채였다.

송재균은 일단 포비든의 데이터를 불러왔다.

알파런과 훈련을 했다더니, 모든 능력치가 전과 달리 확실히 상승해 있었다.

하지만 그보다 중요한 건 가로쉬에서 획득했다는 1차 각성이었다.

'악마화라고?'

스크롤을 내려 구체적인 수치를 확인하던 송재균의 눈이 휘둥그레졌다.

송재균은 그 즉시 휴대폰을 들어 강철에게 전화를 걸었다.

"강철 씨, 송재균입니다. 포비든의 데이터를 받아 보고 바로 연락드립니다. 1차 각성을 확인했습니다만, 너무 말도 안 되는 수치가 나왔습니다."

(그렇게 들어서는 감이 안 잡히는데요? 데이터를 불러 주셔도 잘 모를 테니까, 예를 들어 주실 수 있으세요?)

"강철 씨의 '격노'가 20강이면, 포비든의 '악마화'는 21강쯤 될 겁니다."

강화는 높아질수록 그 격차가 기하급수적으로 늘어난다.

강철이 20강 템을 들고도 하오의 21강 단검에 그토록 고전한 게 그 증거였다.

(저와 포비든의 실력 차를 생각하면 그 정도 차이는 정당하지 않을까요?)

그러나 강철은 생각지도 못한 답을 내놓았다.

(재능의 차이가 어떤 건지 뼈저리게 느끼게 해 주죠, 뭐.)

상대가 디퍼라서 그런지, 강철은 평소보다 더 각오를 다지는 모양이었다.

"그럼 이대로 진행하길 원하시는 겁니까?"

(예, 부탁드릴게요.)

강철은 여전히 자신만만한 목소리였다.

제5장

따끔한 매질을 경험하면 생각이 바뀔 거다

렙업하는 마왕님

인터뷰가 끝나고, 송재균과의 통화까지 마친 다음이었다.

강철은 조금의 망설임도 없이 캡슐로 들어갔다.

포비든이 훨씬 더 좋은 조건으로 플레이한다는 정보를 들은 참이다.

그런데도 잠이 오면 그건 강철이 아닌 거다.

접속을 완료하자 미리 와 있던 아리엘과 하오가 보였다.

쉬기로 분명히 약속을 하고, 셋 다 스피츠의 아공간에 모습을 드러낸 꼴이다.

세 사람은 서로를 바라보며 웃었다.

"인터뷰가 조금만 더 빨리 끝났어도!"

"하오 씨가 마왕 자랑만 덜 했어도 한참 일찍 끝났을 거거든요?"

하오와 아리엘이 가볍게 농담을 주고받았다.

카메라 앞에서 잔뜩 긴장해 있던 그녀의 표정은 진작 사라져 있었다.

아무래도 아리엘은 여러모로 게임 안이 편한 모양이었다.

두 사람은 이내 명령을 내려 달라는 듯 강철에게 시선을 던졌다.

스피츠의 아공간은 텅 비어 있었다.

두 드래곤도 쉬어야 할 테니까.

"개인 훈련을 하는 게 좋을 거 같은데?"

그때였다.

《후후! 마왕은 필요 이상으로 우리를 배려해 주는 경향이 있네.》

레비아탄 특유의 느끼한 목소리가 들려왔다.

그오오오오!

기다렸다는 듯 스피츠가 모습을 드러냈고, 뒤이어 비델마저 접속을 완료했다.

휴식을 위해 헤어져 놓고, 인터뷰 끝나기 무섭게 다 모였다.

"그래, 죽어라 달려 보자고."

강철이 내린 오더는 결국 훈련 재개였다.

정확히 10시간을 내리 전투만 한 강철 일행은 무거운 몸을 이끌고 마왕성으로 향했다.

당장 쓰러져도 이상하지 않은 컨디션인 건 분명했다.

하지만 강화 결과를 확인하자는 의견에 세 사람 모두 피곤을 잊은 얼굴이 된 것도 사실이었다.

강철이 앞장서고, 아리엘과 하오가 그 뒤를 따랐다.

마왕성 대전은 이상하리만치 고요했다.

스미든의 망치 소리가 천장을 뚫을 듯이 울려 퍼지곤 했었는데?

"응?"

아니나 다를까? 스미든부터 케인, 베인, 알다라에 폭룡까지, 죄 바닥에 쓰러져 잠들어 있었다.

이 정도면 지쳐 쓰러진 게 틀림없는데.

"우리가 너무 일찍 왔나 보군."

강철이 아리엘을 돌아보며 한 말이었다. 그런데 그녀의 시선은 오로지 한곳에 집중돼 있었다.

"가, 강철 씨, 저길 봐요."

아리엘은 스미든을 가리켰다.

"왜?"

"품에 뭔가를 안고 있어요."

스미든은 엎어진 채로 잠들어 있었다.

자세히 들여다보니 번쩍거리는 아이템을 보물처럼 품에

꼭 안고 있는 게 아닌가.

"사이드잖아, 저거?"

하오가 한마디 거드는 동안 강철은 이미 그쪽으로 걸음을 옮기는 중이었다.

번쩍번쩍 빛이 나긴 한다만, 스미든의 몸에 가려 도대체 얼마나 좋은 템인지 제대로 보이지도 않았다.

슬쩍 꺼내 보려고 강철이 사이드를 집은 순간이었다.

덥석!

"응?"

자고 있던 스미든이 강철의 팔목을 붙잡았다.

"어디 마왕의 장비에 손을……!"

잠꼬대 같은 말이 떨어진 직후였다.

스미든은 강철의 얼굴을 빤히 바라보다 똘망똘망한 눈을 열심히 비벼 댔다.

"마… 왕?"

스미든은 이제야 강철을 알아봤다는 것처럼 벌떡 자리에서 일어났다.

"마왕이 돌아왔다아아아아!"

녀석의 고함에 쓰러지듯 잠들었던 마왕군들이 하나둘 고개를 들었다.

"놀라지 말게! 내 야심작일세!"

스미든은 사이드를 강철을 향해 자신 있게 내밀었다.

강철은 그제야 사이드를 온전히 확인할 수 있었다.

21강 사이드였다.

후우.

분명한 성과임엔 틀림없다. 하지만 당초 목표한 수치와는 한참 거리가 있었다.

'강화가 다 운이지, 뭐 어쩌겠냐.'

강철이 스미든의 등을 두드려 준 직후였다.

"이게 뭐지? 이거 아닌데?"

스미든은 느닷없이 엉뚱한 소리를 내뱉었다. 그러자 옆에 섰던 케인이 부채를 집어 던지며 소리쳤다.

"멍청하긴! 성공한 놈들은 보물단지 모시듯 무기고에 모셔 뒀잖아!"

"아, 그랬지!"

이해할 수 없는 말이 오가고 난 뒤,

짝짝!

알다라가 무기고를 향해 박수 소리로 신호를 보냈다.

콰앙!

잠시 뒤 무기고 문이 시원하게 열렸고, 그 안에서 발록과 데스나이트, 리치 등의 마물이 쏟아져 나오기 시작했다.

앞장선 발록이 사이드를, 그 옆에 데스나이트가 창을, 맨 끝에 선 리치가 스태프를 들고 있었다.

이렇게까지 유난을 떨 필요가 있나 싶은 생각도 잠시였다.

따끔한 매질을 경험하면 생각이 바뀔 거다

"마왕, 이 사이드로 말할 거 같으면 포비든이 23강 장검을 획득했다는 정보를 입수한 직후에 식음을 전폐하여……."

스미든은 입에 모터를 단 것처럼 쉬지 않고 말을 쏟아 냈다. 그동안 발록은 벌써 다가와 강철에게 사이드를 내밀었다.

"마왕, 말만 하라구! 말하면 만들어 오는 전설의 강화사 스미든이 바로 여기 있으니까!"

화아아아악!

엄청난 빛이 뿜어져 나왔다.

사이드를 휘감은 무지갯빛 테두리는 도저히 셀 수가 없을 정도였다.

스미든은 칭찬받아 마땅하다는 듯 거침없이 머리를 들이밀었다.

"마왕, 나는 내 자신과의 싸움에서 또 승리한 거야."

장난스레 떠들어 대지만, 이 사이드 하나를 띄우기 위해서 엄청난 공을 들였을 거였다.

강철은 스미든의 머리를 쓰다듬는 대신 녀석의 손을 쥐어 보았다.

돌 같았다.

굳은살이라는 갑옷마저 갈라지고 찢어져 피투성이가 된 손이었다.

모루 앞에서 지쳐 잠든 모습이 절대 과장이 아니었구나.

"고생했어."

스미든은 뭘 잘못 들었나 싶은 얼굴로 얼른 머리를 거두었다. 무뚝뚝한 대장이라 감정 표현 한번 제대로 한 적이 없어서였다.

강철은 케인부터 베인, 알다라와 폭룡까지 천천히 눈을 맞추었다.

그동안 하오와 아리엘이 22강 무기를 각각 건네받았다.

"후우."

미안한 말이지만, 고생했단 말이 두 번은 나오지 않았다. 그래서 강철은 마왕군의 눈을 다시 한 번 똑똑히 바라보았다.

고맙다. 너희들의 노력을 기억해서라도 반드시 승리하겠다.

심장이 건넨 말을 눈으로 전달했다. 그러고는 조용히 고개를 끄덕였다.

"죽이네, 진짜."

하오가 분위기와 어울리지 않는 말을 툭 꺼냈다.

"응? 말하면 안 되는 거였어?"

그러고는 뚱딴지같은 말까지 덧붙였다.

덕분에 한껏 무거워진 분위기가 순식간에 원래대로 돌아오고 말았다.

저게 하오의 매력이다.

"고마워요, 다들."

아리엘이 꽃처럼 웃으며 던진 말에 분위기는 완전히 화기애애해져 버렸다.

따끔한 매질을 경험하면 생각이 바뀔 거다 • 135

프로모션이 34시간 남은 오전이었다.

⚐

10시간 뒤.
송욱환은 요즘 화장품 공장 재가동 때문에 정신이 없었다.
원래 생산하던 물량의 10배를 소화해야 하니, 눈코 뜰 새 없이 바쁜 건 당연했다.
"아빠, 빨리 와요."
송지혜의 부름에 그는 황급히 TV 앞에 앉았다.
강철이 뉴스에 나오는 날이라고 했다.
아무리 바빠도 이건 꼭 생방송으로 봐야 한다는 생각에 송욱환은 억지로 시간을 뺐다.
"아빠, 김석희 사장이 직접 인터뷰했대요. 진짜 대단한 일 아니에요?"
"그럼, 대단하고말고."
송욱환의 얼굴에서 자부심이 흘러나왔다.
『바로 내일, 세기의 대결이 펼쳐집니다. 한국의 마왕과 미국의 포비든의 승부가 바로 그것인데요. 예고드렸던 대로, 어둠의 나라 마왕의 인터뷰를 준비했습니다.』
김석희의 멘트가 끝나고 다음 화면이 나올 동안 두 부녀는 긴장된 표정으로 화면에 시선을 고정했다.

그리고 잠시 뒤였다.

"꺅!"

송지혜가 특유의 명랑한 목소리로 비명을 질러 댔다.

"언니다! 언니 맞죠? 우리 언니가 김석희 사장이랑 인터뷰를 하다니!"

송욱환의 표정도 순식간에 바뀌었다.

"왜 언니는 저런 걸 말을 안 하는 거예요? 아니, 가족한테 너무 무심한 거 아니냔 말이에요!"

송지혜가 재잘대는 동안, 송욱환의 시선은 중앙에 자리한 강철에게 고정되었다.

강철은 수많은 카메라가 돌고 있는 와중에도 송지윤과 하오를 챙겨 가며 인터뷰에 응했다.

굳이 티 내지 않았지만, 강철의 눈에 이미 배려가 떠올라 있었다.

송욱환의 나이쯤 되면 그런 것부터 보이게 마련이다.

꿀꺽!

그의 목울대가 거칠게 움직였다.

게임에서 어떤 노력을 얼마나 했는지 송욱환은 알지 못한다. 다만 강철이 남자로서 또 한 걸음 성장했다는 것만큼은 분명히 알 수 있었다.

송욱환은 어느 때보다 진지한 얼굴로 TV 화면에 집중했다.

천장에 가깝게 설치된 TV는 힘겹게 뉴스 화면을 뿜어내고 있었다.

김필중과 박형식, 권경우, 천용진은 고개를 번쩍 든 채로 TV를 시청하는 중이었다.

"이야! 부라더 인물 훤허네! 꾸미니께 아예 못 알아보겄어!"

"저런 큰형님을 알아본 우리 필중 형님의 안목에 저는 또 감탄에 감탄을 거듭하게 되네요. 이젠 좀 물릴 때도 됐는데, 형님의 업적은 곱씹을 때마다 새로우니, 원."

자기 일처럼 기뻐하는 김필중과 상상조차 하기 힘든 박형식의 오버가 한데 엮인 다음이었다.

"마왕 형님이랑 햄버거 사러 가던 게 엊그제 같은데, 이제는 감히 쳐다볼 수가 없는 분이 돼 버리셨네요."

"마왕의 자료를 팔아넘기던 시절엔 그래도 잘나갔었습니다, 저도."

추억에 젖은 권경우와 현지화가 완료된 천용진이 함께 궁상을 떨어 주었다.

"형식아, 부라더 대결이 내일이랬지?"

"예. 9시 시작이니까 정확히 24시간 남았네요."

"그려."

TV 화면에선 인터뷰가 종료되고 앵커 멘트가 흘러나오고 있었다.

디퍼의 회장 브룩은 의자에 등을 기댄 채 편한 자세로 앉아 있었다.

책상 너머 맞은편으로 그의 아들 포비든이 서 있었다.

"준비는?"

"완벽하게 마쳤습니다."

포비든의 자신 있는 대꾸에 브룩은 가만히 고개를 끄덕였다.

"네 이름 뒤에 '디퍼'란 후광이 붙지 않으면 아무도 널 돌아봐 주지 않을 거다. 그건 알고 있지?"

"생각해 본 적 없습니다. 저와 디퍼는 뗄 수 없는 관계니까요."

"그래. 좋든 싫든, 넌 디퍼의 이름을 안고 싸울 수밖에 없는 거야."

포비든은 브룩의 눈을 힐끔 쳐다보았다. 뒤에 무슨 말이 따를지 뻔히 알 거 같아서였다.

"승리해라. 그게 네 존재 가치를 증명하는 유일한 방법이다."

"알겠습니다."

포비든이 몸을 돌리려는 순간이었다.

"레넌에게 들었지? 너의 상대가 어떤 녀석인지를?"

"예. 디퍼의 초기 코드를 제공한 마스터의 아들이라고 들었습니다."

"만에 하나라도 그 녀석이 자기의 권리를 주장한다면 어떻게 될까?"

"그럼 제 손에 죽게 될 겁니다."

브룩은 포비든의 눈을 똑똑히 바라보았다.

단순히 게임에서 죽인다는 뜻은 아니라는 것쯤은 확실해 보였다.

그래, 저 정도는 돼야 디퍼를 물려받을 자격이 있는 거다.

빙긋 웃은 브룩이 마지막 질문을 던졌다.

"기자회견은?"

"잠시 뒤, 프레스룸에서 간단하게 할 예정입니다."

"마음에 있는 말은 꼭꼭 숨기고, 남들에게 보이는 이미지에 집중해라. 카메라 앞에 선다는 건 그런 것이야."

"예."

짧게 대꾸한 포비든은 곧 브룩의 방을 빠져나갔다.

프레스룸에는 수많은 취재진이 대기하고 있었다.

포비든이 들어서자마자 곳곳에서 수많은 플래시가 터져나왔다.

기본적인 인사말이 오간 뒤에, 디퍼의 미디어 담당 직원의 진행으로 기자회견이 시작되었다.

"CNM입니다. 상대 마왕에 대해서 어떻게 생각하십니까?"

"프로모션 전적이 말해 주듯 역대 최고의 플레이어라고 생각합니다. 한 수 배운다는 생각으로 대결에 임할 예정입니다."

포비든은 가면이라도 쓴 것처럼 선한 얼굴로 대꾸했다.

그러고 잠시 뒤, 워싱턴 타임 라인의 기자가 마이크를 받았다.

"혹시 특별한 전략, 필승 비법 같은 걸 마련해 둔 게 있으십니까?"

"이번 대결은 팀플레이입니다. 저만 잘났다고 뛰어다녀 봐야 안 좋은 결과를 받아 들 뿐이지요. 테라, 사사키 두 팀원들과 하나의 팀으로 멋진 플레이를 보여 드리겠습니다. 그게 제가 생각하는 유일한 전략입니다."

뻔한 질문과 가면 뒤에 숨은 답을 한 시간쯤 주고받은 다음이었다.

"마지막 질문입니다. 디퍼의 후계자이시지 않습니까? 향후 계획은 어떻게 되시는지요?"

"디퍼를 세계에서 가장 존경받는 기업으로 성장시키는 게 제 최종 목표입니다. 그러기 위해서라도 부자에게 집중된 부가 더 많은 사람에게 돌아갈 수 있는 방법을 모색할 것입니다."

포비든이 말을 맺는 순간, 이례적으로 박수 소리가 터져 나왔다. 뒤이어 수많은 카메라가 플래시를 터뜨렸다.

포비든은 한동안 카메라 앞에서 손을 흔들었다. 밝은 미소를 한껏 머금은 얼굴이었다.

ぅ

드디어 결전의 날이었다. 오늘 하루를 위해 정말 많은 사람이 마왕을 위해 뛰었다.

쿵쾅쿵쾅!

심장은 거짓말처럼 기뻐했다.

스미든이 준비해 준 무기로 마지막 손발을 맞춰 본 다음이었다.

《이만하면 준비는 충분한 거 같군.》

스피츠는 강철의 성장이 만족스러운 듯했다.

《상대도 만만치는 않겠지만, 마왕이라면 어떤 위험도 뚫고 나갈 수 있을 걸세.》

《이제부터 시작될 마왕의 전설에, 나 레비아탄도 한 페이지쯤은 기여한 게 아닌가?》

스피츠와 레비아탄이 각자의 방식으로 응원을 늘어놓았다.

"제가 사사키의 플레이 패턴을 몇천 번은 돌려 봤거든요? 마왕님의 공격은 절대로 못 막을 거예요. 장담해요."

그들과 나란히 선 비델 또한 눈을 반짝반짝 빛냈다.

함께 싸우고 싶은 마음이야 굴뚝같을 거다.

하지만 자신의 한계를 인정하고, 훈련을 돕는 선에서 만족하려고 애쓰는 것쯤 왜 모르겠나.

"죽으러 나가는 것도 아니고! 오버가 심한 거 같은데?"

오버로는 남부럽지 않을 하오가 그런 말로 나서자 분위기가 어느 정도 풀렸다.

무거운 거 싫어하는 강철로서는 이런 거 나쁘지 않았다.

"마왕과 함께 싸우는 만큼, 반드시 승리하고 돌아올 거예요."

아리엘의 각오가 마음에 들었는지 레비아탄은 뿌듯한 미소를 지어 보였다.

어쨌거나 이제 강철 차례다.

모두의 시선이 한곳에 집중되었고, 강철은 그 표정을 하나하나 받아 내며 담담히 입을 열었다.

"꼭 이기고 싶어, 나도. 이번 싸움은."

상대가 디퍼라 그랬고, 아리엘과 하오의 목표가 승리에 얽혀 있어서 그랬다.

게다가 스피츠와 레비아탄, 비넬, 스미든을 비롯한 마왕군까지 강철의 승리를 위해 미친 듯이 뛰었다.

그러나 강철은 어떠한 설명도 덧붙이지 않았다. 그저 투지 어린 눈빛으로 모두를 돌아볼 뿐이었다.

《건투를 빌겠네.》

그런 감정쯤 이미 알아봤다는 것처럼 스피츠가 대꾸한

직후였다.

띠링!

「강철 씨, 송재균입니다. 대결 장소로 이동해도 되겠습니까?」

"준비됐어?"

강철의 물음에 아리엘이 스태프를 말아 줘었고, 하오는 '끝났지, 진작!' 하며 목청을 드높였다.

「부탁드릴게요.」

지이이이이잉!

눈앞에 떠오른 포탈로 강철과 아리엘, 하오가 차례로 몸을 날렸다.

알리베이 프로모션 때는 중국 팬들을 위해 완벽한 황실풍의 공간에서 대결을 펼쳤다.

그러나 이번엔 세계 올스타와의 대결인 만큼 특별한 뭔가를 재현해 놓지는 않았다.

대신 세계적인 이벤트답게 엄청난 규모의 경기장을 설치해 두었다.

관중들이 있어야 할 자리엔 세계 유수 기업들의 광고가 걸려 있었다.

과연 이 승부에 걸려 있는 돈이 얼마나 되는지 직관적으로 알 수 있는 광경이었다.

"이 승부가 끝나면 내가 저 기업들 위에 우뚝 서게 될 거야."

하오가 느닷없는 각오를 토해 냈다.

사업가는 저런 생각을 할 수도 있겠구나.

광고 중에서도 디퍼의 로고는 단연 가장 큰 규모로 부착돼 있었다.

강철의 시선이 그곳에 머물자 눈치 빠른 하오가 입을 열었다.

"조사를 하면 할수록 디퍼의 소행이 확실하더라고. 하지만 그거 알아? 법이라는 건 복잡해. 내가 남자임을 증명하는 데만도 꽤 많은 절차가 필요하거든. 난 누가 봐도 남잔데 말이야."

하오가 이내 표정을 바꿨다.

"그러나 상대가 하오라면 문제는 달라져. 두고 봐. 놈들을 반드시 법정에 세워 줄 테니까."

단단한 각오를 뱉고 난 뒤였다.

지이이이이잉!

요란한 소리와 함께 50미터 밖으로 파란색 포탈 하나가 생겨났다. 그러고는 그 안에서 3명의 플레이어가 튀어나왔다.

아이템 세팅을 새로 했는지 전에 봤던 플레이 영상과는 많이 다른 모습이었다.

가장 늦게 모습을 드러낸 포비든은 마치 연습했던 것처럼 강철에게 시선을 고정시켰다.

눈은 끔찍한 살기를 머금은 채로 입가엔 비릿한 미소가 떠올라 있었다.

둘은 그렇게 서로를 바라보았다.

♪

KTBC 스튜디오 안.

대결이 코앞으로 다가오자 캐스터와 해설위원의 목소리가 한 톤씩 올라갔다.

"엄재형 해설위원님? 이번 승부는 어떻게 예측하고 계십니까?"

"큰 무대 경험이야 마왕이 앞섭니다만, 상대는 세계 랭킹 1위에 빛나는 포비든입니다. 결코 쉽지 않을 걸로 예상하고 있습니다."

"예. 대회 직전에 서로의 스탯과 장비, 스킬 목록이 발표됐는데요. 이건 어떻게 보십니까?"

"기본 스탯은 서로 비슷합니다. 장비도 23강까지 동일하구요. 문제는 스킬입니다. 마왕에겐 '격노', 포비든에겐 '악마화'라는 신규 스킬이 각각 추가됐는데, 이것이 승패에 큰 영향을 끼칠 것으로 보고 있습니다."

"누가 더 유리한가요?"

"데이터상으로는 악마화라는 스킬이 압도적으로 강력하기 때문에 랭킹 1위, 포비든이 더 유리하다고 판단하는 게 맞을 거 같습니다."

캐스터와 해설자가 대결에 대한 이야기를 주고받은 뒤였다.

"말씀드리는 순간, 모든 플레이어가 입장을 완료했습니다! 오래 기다리셨습니다. 이제 세기의 대결이 10분 앞으로 다가왔습니다!"

캐스터는 10분이 무슨 눈 깜짝할 새에 흐른다는 것처럼 목청을 드높였다.

개발실 정중앙에 선 송재균이 후배 개발자들을 돌아보았다.

그는 혹시라도 모를 돌발 상황에 대비하여 상황을 계속 체크하는 중이었다.

"지금 접속자는 어떻습니까?"

"인 게임 서버 이용자가 폭주하고 있습니다만, 문제 될 정도는 아닙니다."

"서버 용량은요?"

"45퍼센트 사용 중입니다."

당초 35퍼센트까지 예상했었다.

10퍼센트나 많은 유저들이 접속했다는 건, 그만큼 프

모션에 대한 관심이 높다는 뜻이었다.

"60퍼센트 이상 시 보고해 주세요."

"예!"

대답과 함께 송재균은 왼편으로 고개를 돌렸다.

"공식 홈페이지 실황 중계는 어떻습니까?"

"생방송뿐만 아니라 채팅창, 게시판까지 모든 서버가 원활하게 작동하고 있습니다."

"게임 내 오류는 어떻죠?"

"이상 징후가 발견되지 않았습니다. 조금이라도 의심할 만한 반응이 있으면 보고드리겠습니다."

같은 실수를 반복하지 않기 위해 많은 노력을 했었다.

지금 그 덕을 톡톡히 보고 있는 것인데, 아직 방심하긴 일렀다.

"우리는 오늘 프로모션이 무사히 종료되기 위해 최선을 다할 겁니다."

송재균으로서는 개발자의 역할을 묵묵히 감당하는 게 강철을 향한 최고의 응원이었다.

"예!"

그런 마음을 알기라도 한다는 것처럼 개발자들의 우렁찬 대답 소리가 개발실을 가로질렀다.

김택수는 프로모션 상황을 실시간으로 보고받았다.

따리리리!

그가 전화기를 떠날 수 없는 이유가 바로 그것이었다.

"김택수입니다."

(홍보팀 김유정 상무입니다. 동시 접속자 수와 인터넷 시청자 수를 합쳐 1억 명을 돌파했습니다.)

시청자 수 1억을 넘을 시, 추가 비용을 받기로 계약을 체결해 둔 차였다. 그런데 전투가 시작되기도 전에 벌써 목표치를 돌파했다니.

"추가로 받게 될 금액이 얼마였지요?"

(총 5백억 원입니다.)

그러니까 강철 때문에 천억이 훌쩍 넘는 광고비가 움직이는 셈이다.

(프로모션이 끝난 뒤의 광고 예약도 벌써 꽉 차 버려서, 더 받기도 어려운 상황입니다.)

"알겠습니다. 그건 오늘 밤에 얘기하는 걸로 하지요."

통화는 그렇게 끝났다.

너무나 반가운 소식이 쏟아졌음에도 김택수의 표정은 결코 좋지 못했다.

이러한 광고는 모두 마왕의 승리 덕분이다.

그 말은 당장 이번 대결에서 마왕이 패하기라도 한다면 광적인 관심 또한 순식간에 꺼져 버린다는 소리였다.

"흐음."

김택수는 TV를 바라보았다.

이상하게도 중계 화면이 눈에 들어오지 않았다.

불안한 마음 때문일까.

김택수는 강철의 노력과 집념을 떠올렸다. 그러자 확실히 불안한 마음 따위가 씻겨 나가는 기분이었다.

"여러모로 응원할 수밖에 없는 사람이네요."

김택수는 깊은 한숨을 토해 냈다.

⇨

포비든은 살기가 등등한 눈빛을 거두지 않았다. 마치 원수를 노려보는 눈이었다.

왜 저렇게까지 바라보는지 강철은 알 길이 없었다.

다만 강철은 저런 태도가 우스웠다.

눈싸움 따위에 황금 같은 시간을 낭비할 마음이 없어서 강철은 고개를 돌려 아리엘을 바라봤다.

"컨디션은 어때?"

"최상이에요."

"솔직히 말하면?"

"조금 떨리긴 해요. 근데 조금이에요. 아주 조금."

아리엘은 조금을 연달아 세 번이나 말했다.

역시나 지금은 팀원들을 돌아볼 때였다.

"하오는?"

"저 새끼 면상을 한 대 쥐어박았으면 소원이 없겠는데!"

띠링!

두 사람의 대화가 오간 직후에 시스템 알림음이 터져 나왔다.

[대결 5분 전입니다.]

허튼소리 따위 넣어 두고, 이젠 최종 전략을 점검할 시간이었다.

강철은 먼저 일본의 사사키를 가리켰다.

놈은 온몸에 은빛 갑옷을 덕지덕지 두르고 있었다.

마치 스미든을 연상시킬 정도로 두꺼운 장비를 겹겹이 껴입은 채였다.

스피드는 버리고 방어력에 올인했다.

지원형 캐릭터인 만큼, 오래 살아남아서 한 번이라도 더 버프를 걸겠다는 뜻이 분명해 보였다.

"방어력이 너무 높아서 잡기가 쉽지 않겠는데?"

부정적인 의견을 내놓은 하오와 달리 강철의 표정은 담담했다.

"물리 데미지 위주의 세팅이야. 나와 하오의 공격을 확실히 방어하되, 아리엘의 마법 데미지는 무시한 거지."

강철은 아리엘에게 시선을 주었다.

"아리엘이 히든 스킬 두 개를 중첩시켜서 마법을 쏟아부으면 킬각이 나올 거 같은데?"

"맡겨 줘요."

모든 길드를 적으로 돌렸던 깡다구가 어디 가겠나.

자존심을 슬쩍 긁었을 뿐인데, 아리엘의 눈이 독으로 번들거렸다.

강철은 다음으로 테라를 가리켰다.

놈은 어쌔신 베이스에 마법을 첨가한 배틀 메이지 클래스였다.

아이템 상태만 봐도 천 조각 몇 개를 겨우 둘렀다. 방어력보다는 스피드에 중점을 두겠단 뜻이었다.

공격이 날아와도 피하면 그만이라는 자신감이 묻어나는 세팅이었다.

"하오, 테라를 공략할 방법은?"

"죽어라 쫓아가서 한 방만 먹이면 골로 갈 거 같은데?"

"그렇게 적을 유인하는 동안, 포비든이 아리엘을 노리면 어쩌려고?"

"퀴즈 내지 말고 명령을 달라고!"

하오가 한 방 먹은 것처럼 입을 삐죽 내밀었다.

"스피드가 빠른 적을 따라다니기 시작하면 그걸로 판이 흔들려 버려. 놈이 공격을 위해 모습을 드러낸 순간만 노릴 거야. 절대로 추격은 없어. 알겠어?"

"혹시 동생에겐 미리 데이터가 전해졌어? 그래서 공략법을 줄줄이 쏟아 내는 거야?"

"허튼소리 말고 집중해."

하오가 놀랍다는 듯이 되물었지만, 강철은 그 말을 싹둑 잘라 버리고는 포비든을 가리켰다.

놈은 모두의 예상을 깨고 방어구를 입고 나왔다.

기존에만 해도 블러드 아머라는 패시브 하나 믿고, 모든 아이템 세팅을 공격력에 올인하는 모습을 보였었다.

그러나 이번엔 강철의 공격력을 의식했는지 20강이 넘는 철갑옷을 온몸에 두른 채였다.

그렇다고 전보다 공격력이 떨어지는 건 아니었다.

방어구에까지 꼬박 공격 특성 룬을 박아 둔 탓에, 전만큼 막강한 화력을 자랑할 게 틀림없어 보였다.

준비 기간 동안 공수 조화를 완벽하게 맞춰 왔다는 소리잖아?

"동생, 포비든에 대한 공략법은 어떻게 되지?"

"저놈은 내가 맡는다."

"그게 공략법이야?"

"녀석과 마주칠 거 같으면 무조건 피해서, 내 뒤로 와."

하오는 이게 무슨 재미없는 농담인가 싶었다.

그러나 한없이 진지한 강철의 표정을 보며, 이내 생각을 고쳐먹어야 했다.

"아리엘도 마찬가지야."

"예, 알겠어요."

두 사람의 답을 듣고 나서야 강철은 오늘 전투에 관한 브리핑을 마쳤다.

띠링!

[대결 1분 전입니다.]

메시지가 떨어진 직후에 포비든이 강철 쪽으로 다가왔다.

전투 시작 전까지는 보이지 않는 결계가 그들 사이를 가로막고 있었다.

포비든은 자신에게 허락된 최대한의 공간까지 걸어 나온 뒤, 강철에게 소리쳤다.

"지금 나누는 대화는 중계되지 않는다더군."

무슨 말을 하려고 저러는 거지?

강철은 놈의 눈을 흘겨보았다.

"이번 승부를 통해 네 것이라고 믿던 모든 걸 빼앗길 거야. 내 장담하지."

포비든의 눈은 표독스러웠다. 마치 세상이 자기 말대로 이뤄진다고 믿는 사람의 눈이었다.

"농담처럼 들리지? 두고 봐. 네가 보고 느낀 세계와 전혀 다른 세상이 있다는 걸 뼈저리게 느끼도록 해 줄 테니까."

평생을 그렇게 산 사람만 뱉을 수 있는 말이었다.

[10초 남았습니다.]

카운트다운이 시작되었다.

하필 그때 피식! 웃음이 터져 나왔다.

"실성했나 보군."

포비든은 돌아서면서까지 빈정댐을 멈추지 않았다.

솔직히 좀 우스웠다.

저 녀석은 아직 부모의 품을 한 발자국도 벗어나지 못했구나.

[5, 4, 3······.]

뭐, 어리면 그럴 수도 있다.

따끔한 매질을 경험하면 생각이 바뀔 거다.

[2, 1······.]

강철은 거침없이 사이드를 뽑아 들었다.

렙업하는 마왕님

빠지지지지직!

강철과 포비든 사이를 가로막던 결계가 요란한 소리를 내며 흩어져 버렸다.

전투는 시작됐다. 그런데도 누구 하나 움직이지 않았다.

완벽히 합을 맞추지 못하는 한 먼저 공격하는 쪽이 아무래도 불리했다.

머릿속으로만 베고 찍고, 마법을 쏘아 대는 건 그 때문이었다.

그렇게 30초쯤 시간이 흘렀을까.

강철은 좀 놀랐다.

성질 급한 하오가 아무런 재촉 없이 버티는 게 신기해서 그랬다.

'명령만 내려 다오. 당장 달려가서 찢어 줄 테니!'

지금이라도 공격을 퍼부을 각오쯤 돼 있지만, 그건 강철이 명령을 내려야만 가능한 일인 거다.

그렇게 또 10초가 지난 뒤였다.

3명의 시선이 강철에게만 고정돼 있었다.

아리엘과 하오를 무시해서가 아니다. 훈련 내내 3 대 1의 전투만 경험한 탓이 분명했다.

강철은 피식 웃었다. 그러자 거짓말처럼 적들이 그 웃음에 반응했다.

포비든이 장검을, 테라가 단검을, 사사키가 완드를 각각 고쳐 쥐었다.

강철이 별다른 움직임을 보이지 않았던 것도, 정말 그러한지 확인할 시간이 필요했기 때문이었다.

'확실하다.'

그럼 더는 지켜볼 이유가 없는 거다.

「내가 움직이면 두 사람은 동시에 사사키를 노려!」

강철은 명령을 내림과 동시에 커다란 날개를 활짝 펴서는 포비든을 향해 몸을 날렸다.

"오냐! 기다렸다!"

단검을 쥔 테라가 속력을 내며 강철의 측면으로 날아왔다. 정면에 선 포비든은 장검을 치켜들었다.

결국 2 대 1이라는 소리다.

강철은 조금의 망설임도 없이 포비든을 향해 사이드를 휘둘렀다.

쐐애애애액! 부우우우웅!

포비든의 반격과 함께,

꽈-앙!

거대한 불꽃이 폭죽처럼 터져 나왔고,

휘익!

반동으로 사이드가 튕겨져 나갔다.

푸슈웃!

그 틈을 노리고 테라의 단검이 옆구리를 향해 뻗어 왔다.

강철은 튕겨 나온 사이드를 몸 쪽으로 바짝 당겼다.

까-앙!

재차 불꽃이 튀었다.

'과연 마왕이로구나! 쉽게는 안 당한다 이거지?'

단검을 쥔 테라가 이를 악물었다.

파바바바밧! 푸슈우우웃!

강철이 둘을 마크하는 동안 아리엘과 하오는 사사키를 무섭게 압박했다.

순간 테라는 오더를 바라는 얼굴로 포비든을 바라봤다.

빈틈이다.

쐐애애애액!

강철은 즉시 테라를 향해 사이드를 휘둘렀다.

몸을 뒤로 빼던 테라는 늦었다고 생각했는지 이내 단검을 들어 올렸다.

막아도 데미지가 분명하게 들어간다.

테라가 각오했다는 것처럼 이를 악문 순간이었다.

부우우우우우웅!

포비든의 장검이 강철의 어깨를 노리며 날아들었다.

젠장!

강철은 내뻗던 공격을 순식간에 거둬서는 테라의 반대편으로 몸을 날렸다.

콰과과과과과광!

허공을 가른 장검이 바닥에 꽂히며 땅이 훅 꺼져 버렸다. 공격을 실패한 포비든은 섬뜩한 눈으로 테라를 돌아보았다.

"도움도 안 되는 실력으로 얼쩡거리지 말고 빠져."

포비든이 으르렁거리자, 테라는 사사키를 돕기 위해 움직이려 했다.

'어딜 감히!'

촤아아아아악! 쐐애애애애액!

거침없이 날아간 강철은 테라를 향해 사이드를 휘둘렀다. 그러자 테라는 황급히 뒤로 몸을 날리며 도주를 위해 매직 미사일을 쏘아 댔다.

부우우우웅!

그 와중에도 포비든은 강철만 노렸다.

까- 앙!

"마왕이라며! 왜 일대일로 싸울 기회를 스스로 차 버리는 거지?"

쐐애애애액! 부우우우웅! 까- 앙!

"동료를 지키다 졌다고 핑계라도 만들려는 거냐? 머저리 같은 놈들의 구역질 나는 수작이지!"

쐐액! 붕! 콰직!

사이드와 장검이 연신 허공에서 불을 뿜어 댔다.

뒤로 빠졌던 테라가 포비든을 도우려 단검을 고쳐 잡은 직후였다.

"내 싸움에 끼어들어서 스포트라이트라도 받고 싶은 거야? 빠지란 말 못 들었어?"

포비든의 고함에 테라는 찍소리도 못하고는 다시 몸을 틀어야 했다.

촤아아아아악!

강철은 이번에도 테라의 앞을 가로막았다.

"절대로 못 보낸다."

"하아아아앗!"

그동안에도 뒤편에선 아리엘의 기합 소리가 울려 퍼지고 있었다.

김필중과 박형식은 세상 진지한 얼굴로 TV 화면을 지켜보았다.

"형식아, 내가 게임은 몰라도 싸움 하나는 기가 막히게 보잖냐?"

"형님, 벌써 견적 내신 겁니까? 누가 이깁니까?"

"부라더."

아무래도 팔은 안으로 굽는 거 아니겠나.

김필중은 어울리지 않게 새초롬한 표정을 지어 보였다.

"그게 느낌으로 팍 오십니까?"

"살 떨리는 거 있잖여. 보기만 혀도 내 젊은 날의 경험이 막 말해 주는 겨."

"캬!"

권경우와 천용진은 두 사람의 말 따위 조금도 귀 기울이지 않는 눈치였다.

"두 파가 지금 싸우는 자세가 다른 겨. 우리 횟집에서 했던 치열한 전투 기억허냐?"

"그건 뼈에 새겨서 꿈엔들 잊지 못합니다."

"그랴. 믿을지 모르겄다만 나는 그날 너를 보호하며 싸운 겨. 피붙이나 다름없응게!"

"똑똑히 기억합니다!"

"부라더가 지금 딱 그 상태여."

"양키 놈은 그 반대구요?"

김필중은 화끈하게 고개를 끄덕여 주었다.

"근데 그럼 큰형님이 더 불리한 거 아닙니까? 여러 사람 감안하면서 싸워야 되면?"

"어허! 우리는 정의가 승리한다고 믿는 사람들 아녀?"

"예?"

김필중이 어울리지 않는 말을 내뱉자 박형식이 놀란 얼굴로 돌아보았다.

뱉은 말을 거둘 수도 없고.

"부라더 이겨라아아아아!"

김필중은 뻘쭘한 마음에 목청만 드높였다.

⇨

푸슈우우우웃! 쑤욱!

하오가 시원하게 내뻗은 창이 사사키의 몸에 제대로 꽂혔다.

그런데도 적의 HP엔 별다른 변동이 없었다.

사사키의 물리 방어력이 끔찍하게 높은 데다, 온갖 버프를 두르고 있으니 온전히 데미지가 들어가지 않았다.

"하아아아앗!"

콰과과과과과!

하지만 실망할 필요 없다는 듯 아리엘의 마법이 쏟아졌다.

"크아아악!"

마법 저항력 세팅이 완성되지 않은 탓에 사사키가 끔찍한 비명을 토해 냈다.

그오오오오!

[체력이 회복되었습니다.]

당장은 자기 몸에 힐을 쓰면서 버틸 수는 있다. 그러나 저런 식이라면 MP가 금세 바닥나고 말 거다.

"으랏차차!"

푸슈우우웃! 푸슈우우웃! 푸슈슛!

데미지가 들어가지 않는데도 하오는 죽어라 창을 뻗었다. 강철이 두 명의 적을 감당하는 상황이니까!

'동생의 짐을 내가 반드시 덜고 만다!'

하오와 아리엘의 눈에는 투지가 불타올랐다.

팀플레이가 뭔지도 모르는 녀석들이다.

시간은 충분했는데, 왜 이따위로 훈련을 한 거지?

쐐애애애애액! 쐐애애애애액!

테라는 그 놀라운 속도로 강철의 공격을 피하는 데 급급했다.

발을 묶어 두는 것만큼은 분명히 성공한 셈이었다.

이 정도 되면 포비든은 테라를 도우려 움직여야 정상이다.

사이드를 휘두르던 강철은 포비든을 힐끔 돌아보았다.

곳곳에 설치된 광고판이 빛을 쏟아 냈다. 그중 가장 큰 규모의 디퍼 로고는 신의 은총처럼 포비든의 머리 위로 은은한 조명을 뿌려 주었다.

"마왕! 네가 원하는 게 팀플레이라면 내가 도와주지!"

고함을 내지른 포비든은 그 즉시 아리엘을 향해 달리기 시작했다.

이제 알겠다. 저놈은 매 순간 모든 이들의 시선이 자신에게 집중돼야 마땅하다고 믿는 녀석이다.

촤아아아아악!

강철은 방향을 틀어 포비든의 뒤를 쫓았다.

「아리엘! 피해!」

테라가 하오를 노리고 날아드는 것까지 확인한 강철은 더욱 속도를 내 포비든에게 향했다.

"이제야 내게 집중하는 거냐!"

주목만 받을 수 있다면 뭐가 됐든 일단 저지르는 녀석이다.

"사사키! 뭐 해! 버프 안 뿌리고!"

그오오오오오!

사사키의 주문과 함께 포비든의 몸이 빛으로 물들었다.

이속 버프다!

과연 놈은 더욱 빨라진 속도로 아리엘을 노렸다.

파바바바바바바!

아리엘은 적의 발을 묶기 위해 얼음 마법을 날렸다.

[마법 저항력 MAX]

[상태 이상-'둔화'에 빠지지 않습니다.]

그러나 포비든은 더욱 당당한 기세로 아리엘에게 내달렸다.

"후우."

아리엘은 본인의 숨소리에 집중하였다. 강철의 조언을 스태프인 양 꽉 붙들었던 거였다.

부우우우우웅!

포비든의 장검이 무서운 속도로 날아들었지만,

푸슝!

그녀의 몸이 순식간에 사라져 버렸다.

쨔앙! 콰과과과!

애꿎은 땅만 박살이 난 상황에서 포비든은 주위를 둘러보았다. 아리엘은 50미터 밖에 서 있었다.

"순간 이동?"

놈이 비릿한 미소를 짓는 순간이었다.

쐐애애애애애애액!

강철이 온몸을 있는 대로 젖혀서는 미칠 듯한 기세로 사이드를 휘둘러 버렸다. 포비든의 뒤통수를 향해서였다.

꽈- 앙!

분명히 제대로 적중했다고 생각했는데?

콰아아아앙!

고꾸라질 줄 알았다.

그러나 요란한 소리와 함께 놈의 몸에서 어마어마한 핏빛 기운이 뿜어져 나오기 시작했다.

포비든의 패시브, 블러드 아머였다.

"왜 여자 마법사 따위를 지키려는 거지? 내가 이쪽으로 빠진 동안 너는 테라를 썰어 버리는 게 이득 아닌가?"

놈은 정말이지 이해할 수 없다는 얼굴이었다.

「아리엘! 하오를 도와!」

그런 상황에서도 강철은 아리엘에게 오더를 내렸다. 하오 혼자 테라와 사사키를 상대하고 있기 때문이었다.

"3 대 3? 팀플레이? 그건 다 구색 맞추기지. 결국 이번 판은 너와 나의 승부야. 허튼 곳에 신경을 팔아 봐야 해결될 건 아무것도 없어."

포비든은 노골적으로 일대일 승부를 요구했다.

놈의 생각에 맞춰 줄 필요는 전혀 없었다.

누가 뭐래도 팀플레이에 대한 훈련 자체는 강철의 팀이 압도적이었으니까.

"혼자서는 도저히 이길 자신이 없어 팀원들을 살뜰히도 챙기는 거라면 내가 이해하지. 정말 그렇게 이해해도 되는 거야?"

아빠의 권리를 빼앗았다면, 그래서 그 돈으로 호의호식했다면 최소한의 수준은 갖춰야 되는 게 아닌가.

그런데 한다는 말이 저런 허접한 수준의 조롱이라니.

디퍼의 후계자라고?

"끝장을 보자는 거잖아, 둘이?"

강철이 대답과 동시에 사이드를 내밀었다. 그제야 포비든의 얼굴에 만족스러운 미소가 떠올랐다.

비델은 TV 화면을 통해 프로모션 대결을 지켜봤다.

그녀의 뒤에선 마이 뉴스의 정유미가 노트북 자판을 두드리는 중이었다.

"사랑하는 동생아? '단독' 마크 달려면 다른 기자들은 모르는 전문적인 정보, 그런 게 있어 줘야 되거든?"

정유미는 비델에게 기삿거리를 부탁했다.

랭커다 보니 해설위원조차 놓치는 부분을 잡아내지 않을까 싶어서였다.

"시끄러! 보는 데 방해되니까 말 시키지 마!"

"야! 네가 본다고 뭐 달라지는 거 있냐?"

순간 비델이 도끼눈을 뜨고 정유미를 노려보았다. 그 눈빛이 하도 살벌해서 정유미는 노트북으로 시선을 옮겨야 했다.

'응원 못해 죽은 귀신 붙었나······.'

이내 중계 화면으로 고개를 돌린 비델을 향해 정유미는 날름 혀를 내밀었다.

"야, 마왕의 활약을 누구보다 빨리 전한다는 생각으로 좀 언니한테 특종을 줄 순 없겠니? 이건 사적인 이익이 아니야. 마왕의 활약을 좀 더 알리기 위해서라구!"

정유미는 스스로도 참 구차한 이유라고 생각했다. 하지만 오히려 비델은 그런 것에 반응했다.

"이제 마왕과 포비든이 일대일 승부를 벌일 거야."

"응? 3 대 3이라며?"

"어쩌다 보니 구도가 그렇게 돼 버렸어."

"그런 게 있으면 빨리 말해 줬어야지!"

정유미는 다다다다, 기사를 쓰기 시작했다.

워낙 소스가 좋았을까?

폭포수 아래에 물레방아를 세워 놓은 양 그녀의 문장들이 저절로 굴러가기 시작했다.

"승부는 누가 유리한데?"

"일대일이라면 포비든."

"그럼 포비든이 일대일 구도로 만들었다고 쓰면 되는 거야?"

"아니, 마왕이 대결 요청을 받아들인 셈이야."

"왜?"

거기까진 비델로서도 알 길이 없었다.

다만, 마왕은 절대 무모한 승부를 벌일 만한 인물이 아니라는 확신이야 있었다.

"승부는 생각보다 빨리 결정될 거야."

"그 이유가 뭔지 말해 줘야 기사를 쓰지."

"둘 다 각성 스킬을 준비하고 있거든."

다다다다다! 탁!

비델의 설명에 정유미는 시원하게 엔터 버튼을 눌렀다.

슈욱! 슈욱! 슈욱!

테라의 단검이 춤을 추듯 하오의 몸을 긋기 시작했다.

그오오오오!

거기에 사사키의 버프까지 더해지자, 가뜩이나 빠른 테라의 움직임이 눈으로 좇기 어려운 수준이 되었다.

파바바바바밧!

아리엘의 도움이 없었다면 위험했을지도 모른다.

"후우! 후우!"

하오는 아찔했다는 것처럼 깊은 숨을 토해 냈다.

'동생은 어떻게 포비든과 테라를 동시에 상대했던 거지?'

도저히 믿기지가 않았다.

중국 프로모션이 끝난 지 고작 보름이 조금 더 지났는데.

그때까지만 해도 대등했던 마왕이 이 짧은 시간 동안 그토록 성장했을 줄이야.

'그 녀석이 내 동생이라 얼마나 다행인지!'

방금 전까지만 해도 숨을 몰아쉬던 하오가 언제 그랬냐는 듯 창을 내뻗었다.

푸슈우우웃!

'내가 움직여야 아리엘이 마법 쏠 타이밍을 잡는단 말이다!'

그러나 적도 그 이유를 충분히 눈치챈 모양이었다.

타다다다닥!

테라는 공격 방향을 바꿔 아리엘을 압박해 들어갔다. 하오가 몸을 틀어 테라의 뒤를 쫓았다.

"젠장!"

빌어먹을 민첩을 얼마나 찍었는지, 아무리 뛰어도 그림자를 밟는 게 고작이었다.

그오오오오!

[랩쳐의 분노-마법을 3초 동안 사용할 수 없습니다.]

그 순간 사사키의 디버프가 아리엘을 휘감았다. 순간 이동 마법으로 도망갈 것을 원천 봉쇄해 버린 거였다.

그오오오오!

[랩쳐의 저주-이동속도가 25퍼센트 저하됩니다.]

게다가 아리엘의 속도까지 늦춰 놓았다.

미친 듯이 내달리던 테라가 아리엘의 머리 위로 점프했다.

"아리엘!"

하오가 목청을 드높인 뒤였다.

콰아아아아앙!

느닷없이 터져 나온 어마어마한 소음과 함께,

콰과과과과과!

엄청난 기운이 폭발하듯 사방으로 뿜어져 나왔고,

"꺄아아아악!"

"으아아아악!"

근처에 있던 아리엘과 테라의 몸이 강풍에 휩쓸린 것처럼 튕겨 나가 버렸다.

사방에 퍼져 나간 흙먼지가 걷혀 갔다.

띠링!

['격노' 스킬이 발동되었습니다.]

메시지 아래로 온몸에 금빛을 두른 마왕이 필드 한복판에 모습을 드러냈다.

꼬리

강철이 격노 스킬을 활용한 다음이었다.

콰과과과과광!

포비든의 몸에서 거대한 소리가 터져 나왔다.

화아아아아악!

연이어 눈도 못 뜰 만큼의 바람이 몰아쳤다. 나무가 서 있었다면 뿌리째 뽑힐 만큼의 기운이었다.

그그그그그그!

땅이 흔들렸고, 그 틈으로 검은 기운이 스멀스멀 피어올랐다.

빠직! 빠지지직!

포비든을 중심으로 알 수 없는 소음마저 터져 나왔을 때, 어둠 속에 잠겨 있던 놈이 바깥으로 걸어 나왔다.

놈의 머리에는 커다란 뿔이 두 갈래로 솟아 있었다.

피처럼 붉은 눈에, 얼굴에는 기이한 문양이 문신처럼 뒤얽힌 채였다.

"후우! 후우!"

포비든이 거친 숨을 몰아쉰 직후였다.

띠링!

['악마화'가 완료되었습니다.]

강철이 확인한 시스템 메시지는 포비든의 변화를 이해하기 충분했다.

말이 필요 없었다.

촤아아아악!

강철이 쏟아지는 빛에 휘감긴 채로 몸을 날렸다.

타다다다닥!

어둠 속에 몸을 숨긴 포비든이 장검을 치켜들었다.

쐐애애애애액! 부우우우웅! 콰과과과광!

사이드와 장검이 맞부딪친 순간 커다란 불덩이가 솟아올랐고, 양쪽 모두 디딤발이 땅속에 처박혀 버렸다.

강철은 즉시 적의 면상에 머리를 들이받았다. 그러나 포비든 또한 강철의 옆구리에 주먹을 꽂아 넣었다.

양쪽 모두 얼굴이 일그러졌지만, 이내 두 사람 다 반격을 준비했다.

퍼억!

강철이 미세하게 빨랐다. 몸을 기울이며 팔꿈치를 포비든의 턱에 꽂아 넣었다.

놈의 고개가 사정없이 돌아간 순간,

쐐애애애애액!

강철은 놈의 가슴에 사이드를 그어 버렸다.

콰아아아아아앙!

젠장! 악마화 상태에서도 블러드 아머가 터져 나오는구나.

마음먹고 휘두른 사이드였는데도 방어막을 뚫지 못했다.

얼마나 무식하게 설계됐다는 거지?

"장난은 이제 끝이다."

붉게 물든 눈으로 강철을 노려보던 포비든이 장검을 치켜들었다. 카운터 따위는 블러드 아머로 막겠다는 듯 오로지 공격력에만 집중한 움직임이었다.

부우우우우우웅!

허공을 찢는 소리를 들었다면 피해야 정상인데!

쐐애애애애애애액!

강철은 절대로 물러서지 않겠다는 듯 사이드를 휘둘렀다.

까아아앙!

귀청이 떨어져 나갈 듯한 소음과 함께 강철의 몸이 뒤로 한껏 젖혀졌다.

숨이 턱 막힐 만큼 압도적인 파괴력이었다.

쿵쾅쿵쾅!

미친 걸까? 적의 위력을 확인하자 가슴이 두근거리기 시작했다. 심장에서 뿜어내는 피가 잔뜩 뜨거워진 느낌이었다.

"죽여 주마!"

포비든이 거침없이 장검을 휘둘렀다.

부우우웅! 까- 앙!

사이드를 들어 막았다. 분명히 방어를 해냈는데도 몸이 휘청이며 HP가 훅 깎여 나갔다.

받은 만큼 돌려준다.

강철은 적의 빈틈을 이용해 목에 사이드를 그어 버렸다.

쐐애애애액! 콰아아아앙!

분명히 정타였는데!

문제는 블러드 아머 특유의 폭발음만 터질 뿐, 놈에겐 조금의 데미지도 들어가지 않는다는 사실이었다.

강철은 사이드의 밑동으로 포비든의 이마를 찍어 버렸다.

전봇대냐?

꿈쩍도 않은 놈은 오히려 엄청난 악력으로 강철의 날개를 붙들었다. 그러고는 다른 한 손으로 강철의 옆구리를 향해 장검을 휘둘렀다.

부우우우웅!

피할 수가 없었다. 급한 대로 사이드를 치켜들어 공격을 막아 세웠다.

까- 앙!

강철의 다리가 허공에 뜨고 말았다.

놈의 공격은 거기서 그치지 않았다.

아주 가까운 거리였지만 허리의 반동을 이용해 장검을 효과적으로 휘둘렀다.

부우웅! 깡!

"네 것이라고 믿는 것이!"

부우우웅! 까- 앙!

"지금 네 손에 없다면!"

부우우우우웅! 까- 앙!

"그건 네 것이 아닌 거다!"

연거푸 세 번을 휘두른 놈은 강철의 날개를 붙들어 바닥에 내던져 버렸다.

훼애애액! 쿠웅!

잔뜩 피어오른 먼지를 보며 포비든은 히죽거렸다.

"내가 무슨 말을 하는지 충분히 알아들었을 거 같은데?"

거기까지 말한 놈은 쓰러진 강철을 향해 내달렸다.

타다다다닥!

두 사람은 알지 못했지만 대한민국에서는 무기력한 탄식이, 미국에선 무엇으로든 세계를 제패할 수 있다는 오만한 함성이 터져 나왔다.

먼지 구덩이에 파묻혔던 강철은 진작 몸을 일으켜 방어 태세를 갖추고 있었다.

승부에 집중한다. 저 개새끼가 어떤 말을 떠들든 지금은 날아오는 칼끝만 본다.

먼지 틈으로 보이던 포비든의 붉은 눈이 더욱 짙은 빛을 띤 다음이었다.

놈이 순간 이동을 한 것처럼 바로 코앞에 모습을 드러냈고,

부우우우우웅!

모든 걸 베어 버릴 기세로 장검을 휘둘렀다.

염병할!

몸을 뒤로 분명하게 뺐지만, 가슴 언저리에서 핏줄기가 터져 나왔다.

그오오오오!

순간 포비든의 몸에서 뿜어져 나오던 검은 기운이 놈의 검으로 모여들기 시작했다. 그러고는 검날에 알 수 없는 문양들이 생겨났다.

이 한 방은 제대로 날려 주마 • 179

순식간에 벌어진 일이었다.

뱀처럼 웃은 놈은 다시 강철의 코앞까지 다가왔다.

촤아아아악!

강철은 허공으로 튀어 올랐고, 포비든도 즉시 높이 점프했다.

부우우웅!

발목이 끊어질 것 같았다. 당연하다는 듯이 발에서 피가 뿜어져 나왔다.

그뿐만이 아니었다.

덥석!

포비든은 강철의 날개 끝을 잡아채서는 냅다 내리꽂아 버렸다.

쿠우우우웅!

지랄 같은 일이다.

쿵쾅쿵쾅! 쿵쾅쿵쾅!

심장이 혼자 날뛰었다.

타닥!

바닥에 착지한 포비든은 강철을 향해 노골적인 비웃음을 떠올렸다.

"날 원수로 여길 줄 알았는데? 어느 정도의 투지는 보여 줄 거라고 기대한 건 내 착각이었나?"

자꾸만 부차적인 감정들이 손아귀에 들러붙는 느낌이었다.

그럼 꼭 실수가 생기진 않을까 걱정됐었는데.

놀라운 건 오히려 사이드가 손에 착 감긴다는 거다.

포비든은 여전히 여유를 부렸다.

몸을 일으킨 강철은 아리엘 쪽을 힐끔 쳐다봤다.

아리엘과 하오는 분전했지만, 상성상 밀리는 감을 지울 수 없었다.

지금은 팀원들을 믿을 수밖에 없다.

그래야 저기 눈앞에 있는 쓰레기 같은 놈을 찍어 누를 수 있을 테니까.

강철은 번들거리는 눈으로 포비든을 노려보았다.

⤴

개발실엔 팽팽한 긴장감이 감돌았다. 그러나 만반의 준비를 마친 덕분에 작은 문제 하나 발생하지 않았다.

송재균은 아직 긴장을 지우지 않은 눈으로 모니터를 바라봤다.

스탯상으로는 마왕이 완벽하게 밀린다. 하지만 강철의 말마따나 극복할 수 없는 정도는 아니다.

리안의 퀘스트를 수행할 때만큼 살 떨리는 승부를 이겨내야겠지만 말이다.

"후우."

송재균은 깊은 한숨을 내쉬었다.

강철의 승부를 떠올렸을 때, 언제 한 번이라도 그러지 않은 적이 있었던가 싶어서였다.

마왕성 대전에도 커다란 화면이 떠올라 있었다.

"젠장!"

스미든은 망치로 모루를 두드렸다.

"23강으로 만족한 게 내 실수였어! 24강까지는 띄웠어야 균형을 맞출 수 있었다고!"

((자네 등에 꽂은 포션만 수천 개가 넘어. 어리석은 소리 말고 마왕을 믿어 보게나.))

스미든의 기력 보충을 담당했던 베인은 냉정한 평을 내놓았다.

"아니! 23강이나 띄웠는데, 저 미친 갑옷은 왜 안 뚫리는 거야!"

소리를 바락바락 지르면 블러드 아머에 구멍이라도 뚫릴 거라 생각했을까?

스미든은 조금 더 최선을 다했다면 마왕이 수월하게 싸웠을 거라며 자책을 거듭했다.

"에이! 저 영감, 하여간 걱정 더럽게 많아. 저게 다 마왕님이랑 싸워 본 적이 없어서라고."

"그러게, 여기서 마왕이랑 제대로 싸워 본 건 우리 둘밖에 없잖아요? 하여간 저 독기라면 뭘 해도 할 거라니까."

케인과 알다라가 한마디씩 거드는 동안이었다.

크르르릉!

폭룡이 자기도 마왕과 싸워 봤다는 뜻으로 나직하게 울부짖었다.

하여간 마왕군 모두는 걱정과 기대가 복잡하게 뒤얽힌 눈으로 화면을 바라보았다.

버프 지속 시간 33초.

어둠 속에 우뚝 선 뿔이 위용을 더했다. 그래서인지 포비든은 몹시 건방진 눈빛을 뿜어냈다.

"전 세계가 지켜보는 앞에서 내게 무릎 꿇어라. 그게 오늘 너에게 주어진 유일한 임무다."

놈은 마치 이 세계의 절대자가 된 양 지랄을 떨어 댔다.

아빠 빚 대신 갚은 거?

억울하지 않다.

그런데 아빠가 누렸어야 할 권리가 저런 쓰레기의 손에 들어가서 저토록 값싸게 쓰인다는 사실은 분명 열 받는 일이었다.

찍어 누른다.

다시는 헛소리를 뱉지 못하도록 박살을 내겠다.

타다다다다닥!

그러나 놈이 먼저 달려왔다. 붉어진 눈만큼이나 무서운 속도였다.

부우우우웅!

포비든의 장검이 가로로 크게 그어졌고,

타닥!

강철은 제자리에서 높이 뛰어서는,

쐐애애애액!

놈의 이마를 분명하게 그어 버렸다.

콰아아아앙!

그러나 이번에도 블러드 아머가 지랄이었다.

"뚫어 봐라! 그 전에 내가 너의 목을 따 버리겠지만 말이야!"

부우우우웅!

위로 치켜 올린 대검이 강철의 날개를 휘갈겼다.

'크흑!'

강철의 공격은 블러드 아머가 막아 내고, 포비든의 반격엔 꼬박 피가 닳아야 하는 상황이다.

그래, 그렇단 말이지?

사이드를 짧게 고쳐 잡은 강철은 연이어 공격을 뿜어냈다.

쐐애애액! 쐐애애액! 쐐애애액!

독기 하나로 버텨 온 강철이다.

방어막이 먼저 부서지는지, 강철이 지쳐 쓰러지는지 어디 한 번 붙어 보면 알 거였다.

"으아아앗!"

쐐애애액! 쐐애애액! 쐐애애액! 부우우우웅!

세 번을 내리 공격했고, 한 번의 반격이 있었을 뿐이다.

까- 앙!

그것도 분명 사이드를 들어 막아 내기까지 했다. 그런데도 강철의 몸이 충격으로 공중에 떠올랐다.

부우우우웅!

그러자 배팅볼을 때리는 강타자처럼 놈은 재차 장검을 휘둘렀다.

퍼억!

허공에서 제대로 얻어맞은 강철은 바닥을 열 바퀴도 더 나뒹굴어야 했다.

젠장! 안전벨트를 풀고 롤러코스터를 타면 이런 기분일까.

강철은 다시 몸을 일으켰다.

"호오?"

"염병할! 그럼 이대로 뒈질 줄 알았어?"

"흐흐흐! 이렇게 나와 줘야 재밌지. 너의 모든 것을 빼앗길 텐데, 아무렴 그 정도 각오는 보여 줘야 내가 빛나는 거야."

남의 걸 빼앗아 배를 불린 놈이다. 그럼 미안한 시늉이라도 해야 되는 거 아닌가.

피해를 본 당사자를 앞에 두고 어떻게 저런 말을 할 수가 있는 거냐?

강철은 이해하길 포기한 듯 몸을 날렸다.

촤아아아아악!

어둠 속에서 자이언트 스네이크를 상대하던 그때가 떠올랐다.

무엇이 됐든 방법은 있다!

장검에 깃든 문양 위로 붉은빛이 떠올랐다.

버서커 특유의 스킬을 활용하기 전에 나오는 반응이 분명했다.

놈은 허공에 검을 엑스 자로 휘둘렀다.

콰콰콰콰콰콰!

그러자 거대한 충격파가 강철의 몸을 휘감았다.

강철은 즉시 스킬창을 열었다.

[레비아탄의 '권능'을 발동하셨습니다.]

[1회의 타격에 한해 데미지 증가, 1회 피격에 대해 방어력 증가 버프를 얻습니다.]

엑스 자로 그어진 허공에선 충격파뿐만 아니라 버서커 특유의 거대한 핏줄기가 쏟아져 나왔다.

그것들은 날카로운 송곳이 되어 강철에게 뿜어졌다.

그뿐만이 아니었다.

포비든이 장검을 그러쥐었다. 어디로 피하든 한 방 제대로 먹여 주겠단 각오가 두 눈에서 줄기줄기 뿜어져 나왔다.

집중한다!

투두두두두둑!

강철은 핏줄기를 피해 순식간에 몸을 옆으로 틀었다.

부우우우우웅!

과연 기다렸다는 듯이 포비든의 장검이 날아왔다.

이걸 피한다고 자세가 흐트러지면 제대로 된 공격을 날리지 못한다.

강철은 방어력 버프를 믿으며 있는 힘껏 사이드를 휘둘렀다.

그러나 놈의 공격이 먼저였다.

콰지지지지직!

염병할 방어력 버프는 데미지만 막아 주고 통증은 없애 주지 못한다.

강철의 몸이 옆으로 휘어 버렸다. 갈비뼈가 다 어그러지는 느낌이었다.

그래도 저 무식한 공격을 버프가 꾸역꾸역 막아 주었다.

퐈아아악!

강철은 죽을힘을 다해 사이드를 말아 쥐었다.

처음이자 마지막 기회다.

'죽어라 아파도, 이 한 방은 제대로 날려 주마!'

강철의 몸에서 커다랗게 빛줄기가 뿜어져 나왔다.

쐐애애애애애액!

바람을 찢는 소리가 제대로 터져 나왔고,

콰- 앙!

그에 대꾸하듯 블러드 아머가 폭발한 순간,

그그그그그그긍!

강철은 모든 힘을 끌어모아 놈의 목을 긁어 버렸다.

쩌저저저적!

블러드 아머가 찢겨 나가는 걸 분명히 보았다.

아직 완전히 박살 낸 건 아니었다. 그런데도 포비든의 얼굴엔 끔찍한 놀라움이 떠올라 있었다.

쐐애애애애액!

강철은 다시 사이드를 휘둘렀다.

그리고 또! 또! 또!

마침내,

쩌저저저저적!

기어코 블러드 아머를 찢어발긴 다음이었다.

쐐애애애애액! 푸슈슈슈슈슛!

놈의 목에서 커다란 핏줄기가 뿜어져 나왔다.

이겼다. 저 끔찍한 방어막을 기어코 뚫어 버리고 만 거다!

강철의 눈에 환희가 떠오른 바로 그 순간,

"사사키! 뭐 해! 빨리 힐을 주지 않고!"

포비든의 목소리가 높다랗게 솟아올랐다.

제7장

생각해 보면 참 신기해

렙업하는 마왕님

일대일 대결을 하자고 우겨 댔던 게 포비든이다.

"사사키! 힐을 달라고!"

그런데도 놈은 목 놓아 힐을 외쳐 댔다.

승리를 위해서라면 자존심 따위 시궁창에 처박아도 되는 거냐?

그오오오오!

주문이 완료됐다는 소리가 들렸다.

힐을? 벌써?

순간 포비든의 몸이 은빛으로 물들었다.

띠링!

[랩쳐의 가호-방어력이 450 상승하였습니다.]

"머저리 같은 놈! 힐을 달라니까!"

포비든의 발악과 함께 강철은 황급히 사사키 쪽을 돌아보았다.

놈은 완드를 번쩍 들고 있었다. 급한 대로 캐스팅 시간이 짧은 방어력 버프부터 건 게 분명했다.

사사키는 뒤이어 힐을 캐스팅했다.

강철이 아리엘의 이름을 외치려 한 순간이었다.

"하아아앗!"

그녀는 벌써 움직이고 있었다. 피투성이가 된 몸 따위 아랑곳하지 않고, 오로지 스태프 끝에 집중했다.

콰아아앙! 콰아아앙!

그러자 기다렸다는 듯 폭발음이 연거푸 터져 나왔다. 히든 스킬 두 개를 중첩한 거였다.

사사키는 벌써 힐을 절반 이상 캐스팅한 상황이었다.

"마왕의 승리를 방해하지 마!"

아리엘은 즉시 사사키를 향해 몸을 날렸다. 스태프 끝으로 놀라울 만큼의 마법 데미지를 집중시킨 뒤였다.

마법을 시전해서 쏘아 내는 속도보다 스태프를 휘두르는 게 더 빠를 거라는 판단에서였다.

타다다닥!

하지만 단검을 든 테라가 아리엘을 막기 위해 내달렸다. 육탄 방어라도 불사하겠단 각오가 분명했다.

바로 그때였다.

슈우우우우웅!

하오의 창이 테라의 목으로 향했다.

"이 개새끼가!"

테라는 욕지기와 함께 하오의 옆구리에 단검을 찔러 넣었다.

"크흑!"

하오는 피가 뚝뚝 떨어지는 것 따위 아랑곳하지 않고 다시 창을 내뻗었다.

슈우우우우웅!

사사키의 버프를 독식한 테라는 정말이지 막강했다.

푸슉! 푸슉! 푸슈욱!

어깨와 허리, 허벅지에 차례대로 단검을 꽂아 넣은 놈은 바로 방향을 틀어 아리엘에게 향했다.

"으아아아악!"

하지만 비명인지, 기합인지 모를 하오의 울부짖음이 다시 한 번 테라의 발목을 붙들었다.

슈우우우우웅!

하오의 창은 기어코 놈의 진로를 방해했고,

"넌 좀 있다가 천천히 죽여 주겠다고!"

푸슈우우욱!

분노한 테라가 하오의 왼쪽 가슴에다 단검을 쑤셔 넣었다.

마지막 순간 억지로 몸을 튼 덕에 심장에 박히는 건 겨우 피했지만, 엄청난 데미지에 통증이 고스란히 쏟아졌다.

"끄아아아악!"

그런데도 하오는 무슨 좀비라도 된 것처럼 끝까지 테라의 뒷덜미를 붙들었다.

"마왕의 승리다……."

"근데 이 새끼가!"

아예 끝장을 보겠다는 듯 테라가 단검을 말아 쥔 그 순간이었다.

쑤우우우욱!

놀랍게도 하오의 창이 먼저 놈의 목을 관통했다. 단검처럼 짧게 쥔 창으로 테라를 공략한 거였다.

"커헉!"

쿠- 웅!

비틀거리던 테라가 그대로 고꾸라져 버렸다.

사사키에게 일격을 준비하던 아리엘은 자신감이 붙었다.

"하아아아앗!"

그녀의 스태프 끝으로 폭발적인 마법 데미지가 응축됐고,

"젠장!"

사사키가 뒤늦게 소리를 질렀지만,

휘이이이익! 콰아아아앙!

아리엘의 스태프가 놈의 턱을 부숴 버린 뒤였다. 80퍼센

트 이상 캐스팅했던 힐은 당연히 취소돼 버렸다.

피투성이가 된 아리엘은 강철을 돌아보았다.

당장 쓰러져도 이상하지 않을 모습이었지만, 두 눈만은 단단히 강철에게 고정되어 있었다.

'해냈어요.'

아리엘의 눈은 꼭 그렇게 말하고 있는 거 같았다.

"후우."

강철은 커다랗게 한숨을 내쉬었다. 그러고는 널브러진 포비든을 내려다봤다. 놈은 무슨 말인가를 뱉기 위해 열심히 머리를 굴려 대는 중이었다.

"이건 팀플레이야! 3 대 3으로 제대로 붙어야 공정하지 않아? 팀으로 붙자. 힐을 받을 기회만 한 번 주면 되는 거야. 어려운 거 아니잖아?"

이 새낀 정말 자존심이란 게 없는 걸까.

"그게 힘들면 나를 살려 주는 조건으로 저 둘을 죽여 버려도 좋아. 3 대 1로 싸워도 좋다고."

놈의 말이 끝나기가 무섭게 강철을 뒤덮은 빛이 허공으로 흩어졌다. 격노의 지속 시간이 다 된 탓이었다.

"흐흐흐!"

방금 전까지만 해도 목숨을 구걸하던 포비든이 음흉한 미소를 뱉어 낸 건 그 때문이었다.

놈은 강철보다 스킬을 5초쯤 늦게 활용했다. 딱 그만큼의 여유가 남아 있단 소리였다.

"죽어라!"

아직 악마화 상태의 포비든이 강철의 목을 향해 장검을 휘둘렀다.

부우우우웅!

이 새끼는 끝까지 어리석구나, 진짜!

파바바바밧!

그 순간 아리엘이 쏘아 낸 거대한 얼음덩이가 포비든의 장검을 막아 세웠다.

그뿐만이 아니었다.

푸슈우우웃!

하오의 창이 장검을 쥔 포비든의 손목을 관통해 버렸다.

"끄아아아악!"

끔찍한 비명이 쏟아졌다.

포비든은 강철을 향해 울부짖었다.

"돈 준다고! 대전료를 주면 되잖아! 팀플레이! 팀……!"

강철은 사이드를 높이 치켜들었다.

"내 말 안 들려? 돈이라고, 돈!"

포비든은 강철의 사이드를 향해 팔을 바둥거렸다.

"돈?"

"그래! 네가 좋아하는 돈!"

"잘 보관하고 있어."

"뭐?"

"내가 곧 가지러 갈 테니까."

강철의 말이 떨어진 다음이었다.

쐐애애애액!

강철의 사이드가 포비든의 목을 향했다!

"이런 개 같……!"

뎅-겅!

놈은 말을 다 잇지 못했다. 강철의 사이드가 놈의 목을 깨끗하게 갈라 버린 탓이었다.

블러드 아머 따윈 터져 나오지 않았다. 대신 포비든의 머리가 바닥을 데굴데굴 굴렀다.

뒤늦게 힐을 주려던 사사키는 망연자실한 얼굴이었다.

목에서 피를 쏟아 내는 테라 또한 질끈 눈을 감는 것으로 패배를 인정했다.

그런다고 끝낼 강철이 아니었다.

촤아아아악! 쐐애액! 뎅-겅! 쐐애액! 뎅-겅!

적의 목을 마저 베어 버리고 나서 강철은 아리엘과 하오를 돌아보았다.

피와 먼지로 뒤범벅이었다.

함께한 아리엘과 하오는 물론이고, 훈련을 도와준 스피츠와 레비아탄, 비델이 차례로 떠올랐다.

강화를 하다 지쳐 대전 한복판에 잠들어 있던 스미든을

비롯하여 케인, 베인, 알다라, 폭룡까지.

 모두가 함께한 승리였다.

 "후우."

 날개를 있는 대로 펼친 강철은,

 크와아아아아앙-!

 속에 있는 모든 걸 토해 내듯 커다랗게 포효했다.

※

 마왕이 함성을 내지른 바로 그 순간이었다.

 "와아아아아!"

 넥씨 사옥은 거짓말 좀 보태서 쩌렁쩌렁 흔들렸다.

 요동치는 심장을 부여잡으며 경기에 집중했던 송재균이다.

 털썩!

 승부가 결정 난 순간, 그는 의자에 축 늘어졌다.

 "하아."

 정말이지 살 떨리는 승부였다.

 스탯으로는 분명하게 밀렸지만, 강철은 그 차이를 독기와 경험, 재능으로 극복해 냈다.

 마왕 콘텐츠의 존재 이유를 증명하는 승리나 다름없었다.

 그런데도 모니터 속의 강철은 냉정한 눈빛을 잃지 않고

있었다.

 강철의 승리를 확인한 김택수는 안도의 한숨을 내쉬었다.
 마왕 콘텐츠는 계속된다.
 단지 명맥을 잇는 수준이 아니라, 역대 최고의 마왕으로 게임계의 모든 스포트라이트를 휩쓸 것이다.
 띠리리리리!
 김택수의 생각을 증명이라도 하듯 휴대폰이 울려 댔다.
 (홍보팀 김유정 상무입니다. 마왕의 승리가 확정된 직후에 각종 섭외 요청이 쏟아지고 있습니다. 뉴스에서 얼굴을 공개한 마당이라 예능이며 다큐, 심지어 실물로 한 TV 광고까지 섭외가 줄을 잇고 있습니다.)
 "가장 영향력 있는 프로그램 순으로 정리해서 보고해 주세요. 강철 씨와 상의해 본 뒤에 답변드리겠습니다. 그리고 광고 건은 무조건 모델료를 두 배로 부르세요."
 (저번에 이미 두 배로 띄워서 지금도 최고 몸값입니다만…….)
 "마왕의 가치를 인정하지 못하면 차라리 안 찍는 게 깔끔합니다."
 (아, 예. 알겠습니다.)
 김택수는 아무도 없는 의장실 안에서조차 조용히 표정 관리를 하고 있었다.

"부라더어어어어어!"

김필중은 황급히 전화기를 꺼내 들었다. 강철에게 축하 전화라도 한 통 하기 위해서였다.

그러나 이내 그는 생각이 짧았다는 듯 고개를 휘휘 저어 댔다.

"지금은 소중한 사람들이랑 통화하게 한 타임 쉬는 게 맞는 겨."

"형님의 가치를 왜 그렇게 낮게 평가하십니까?"

김필중의 말에 박형식은 고개를 치켜들었다.

"뭔 소리여?"

"큰형님께서 필중 형님의 전화를 애타게 기다리실지 모른다, 이겁니다."

"응?"

"큰형님이 가장 힘들 때, 그 옆을 지켜 준 게 필중 형님 아니겠습니까?"

"그런가?"

"하루도 빠짐없이 이자 받으려고 출석 도장 찍으셨잖습니까. 전 기억합니다."

김필중은 그런 걸 가지고 옆을 지켰다고 해도 되나 잠시 고민해 보았다.

"형식아, 혹시 나 맥이는 겨?"

"형님, 그런 말씀 하시면 저 가슴 한쪽이 애립니다. 형님만 보고 살아간 세월이 어언 30년에 육박합니다."

아무리 그래도 지금 전화를 하는 건 좀 아닌 거 같다는 생각에 김필중은 아쉬운 마음으로 입맛만 다셨다.

송지혜는 바로 수화기를 들었다.
언니의 승리를 기뻐하기보다 형부(?)에게 수고했단 말을 꼭 전해 주고 싶었던 까닭이었다.
(전화를 받지 않아······.)
"하여간 동생 전화를 제대로 받는 적이 없다니까! 우리 언니는!"
말은 그렇게 하면서도 송지혜는 엉덩이를 들썩였다.
"고맙단 말 꼭 해야 되는데!"
강철 덕분에 최고의 의료진을 통해 치료까지 받았다. 그 결과 하루가 다르게 몸이 좋아지는 걸 느끼던 차였다.
프로모션 준비로 바쁜 걸 뻔히 알아서 연락도 못해 봤는데!
인간적으로 승리했으면 전화 한 통은 받아 줘야 되는 거 아니냐! 언니라는 인간이!
송지혜가 씩씩대는 동안, 송욱환이 다가와 그녀의 어깨를 다독여 주었다.
"기쁘지?"
"히히."
언제 그랬냐는 듯 송지혜가 반달눈으로 웃고 있었다.

푸슝!

캡슐 뚜껑이 열리고 천장이 보였다. 블러드 아머를 찢을 때의 감각이 아직 손에 남아 있었다.

이겼다! 아빠의 권리를 뺏어 간 놈을 찍어 눌러 버렸다.

물론 대단한 성과지만 이 정도로는 부족했다.

반드시 디퍼를 법정에 세워 법의 심판은 물론, 잃어버린 모든 권리를 되찾아야 마땅했다.

똑똑똑!

그러나 오늘은 이 정도로 만족하라는 것처럼 노크 소리가 들려왔다.

밖에 누가 와 있는지 뻔히 알 거 같아서 강철은 얼른 몸을 일으켜 직접 문을 열어 주었다.

"강철 씨!"

문밖에 서 있던 아리엘이 다짜고짜 강철을 부둥켜안았다.

스피츠의 그 고생스러운 훈련을 묵묵히 견뎌 준 그녀다.

동생의 병원비를 직접 마련하겠다고 이 악물고 뛰었을 아리엘의 마음을 왜 모르겠나.

강철은 그녀의 등을 다독여 주었다.

뒤편으로 보이는 하오는 오늘 딱 하루만 죽창을 참겠다는 표정이었다.

"오마존 프로모션에서 알리베이가 가장 큰 실익을 거두게 됐다. 아주 통쾌하기 그지없구만! 음홧홧홧!"

하오는 대인의 풍모를 뽐내는 것처럼 시원스럽게 웃어 보였다.

"이제 나는 꽃길만 걷는 거야, 꽃길! 동생과 함께!"

저 인간, 혹시 일부러 저러나?

아리엘과 포옹을 하고 있으면 좀 빠지든, 조용히 하든 해야 될 거 아니냐!

강철이 도끼눈을 뜨자, 하오는 본인의 과오를 직감한 듯 가만히 입을 다물었다.

아리엘도 분위기를 느꼈는지 한껏 붉어진 얼굴로 한 걸음 물러섰다.

그러고는 두 사람 다 강철을 빤히 바라봤다. 뭐라도 한마디 바라는 눈치였다.

게임에서는 뭐 어떻게 해 보겠다마는, 캡슐 밖에서 이런 말을 하는 건 정말이지 뻘쭘한 일이다.

쩝!

"하오."

강철의 부름에 하오는 눈을 빛내는 것으로 답을 대신했다.

"프로모션 승리하겠다는 약속 지켰어. 이번엔 하오 차례야. 알리베이를 최고의 기업으로 만들겠다는 약속 지켜."

팡팡!

하오가 자신의 왼쪽 가슴을 오른 주먹으로 실컷 두드렸다.

"대륙의 남자, 하오! 뱉은 말은 무조건 지킨다!"

앞에 붙은 대륙 어쩌고만 뺐으면 더 신빙성이 있을 뻔했다.

"아리엘은 따로 식사하면서 얘기해도 되겠지?"

강철의 말에 아리엘이 활짝 웃으며 고개를 끄덕였다.

같이 밥 못 먹어 환장한 사람처럼 하오가 강렬한 눈빛을 보내는 앞이었다.

"뭘?"

"둘이 오붓한 시간을 보내는 건 감히 막지 않겠어. 하지만 레스토랑을 예약하는 영광만은 허락해 줘."

"아리엘이 뭘 먹고 싶은지 묻지도 않고?"

"다섯 군데쯤 예약해 둘 테니까, 마음에 드는 곳으로 가면 되잖아? 비용을 다 지불해 두면 못 갔다고 미안해할 필요도 없는 거고."

가끔 하오와 대화를 나누다 벙찔 때가 있는데, 바로 지금과 같은 순간이 그랬다.

그래도 저런 건 밉지 않으니까.

강철이 아리엘을 돌아보았다.

"저는 아무거나 상관없는데?"

"그러면 저 인간은 진짜 레스토랑 다섯 개를 예약할 거야."

하오는 거짓말이 아니라는 것처럼 벌써 휴대폰을 꺼내 들었다. 그러자 아리엘도 뭔가를 고를 수밖에 없었다.

"소고기 먹어요, 소고기!"

특유의 해맑은 목소리로 아리엘이 그녀다운 답을 내놓았다.

왠지 그 말을 듣고 있자니 오늘의 승리가 온전히 실감이 나는 기분이었다.

"왜 웃어요?"

"그냥."

"피! 또 소고기 타령한다고 놀리는 거 아니에요?"

강철은 별 대꾸 없이 그녀처럼 환히 웃어 주었다.

♪

하오는 소고기집을 예약해 놓겠다고 악을 써 댔다.

밤 10시가 넘은 시간이라 그냥 가도 된다고 얘길 해도 막무가내였다.

덕분에 야밤에 예약까지 해서 소고기집을 오고 말았다.

"손님이 하나도 없네요?"

아리엘이 의아하다는 듯 주위를 둘러봤지만, 강철은 그 이유를 뻔히 알 수 있었다.

하오가 매장을 통째로 빌린 거다.

필요 이상의 선의이긴 했는데, 그렇다고 투덜댈 필요는 없는 거 아닌가.

강철은 이왕 온 김에 맛있게 먹기로 했다.

"위치만 지정해 주시면 세팅은 저희가 해 드려요."

주인아주머니가 긴장된 목소리로 던진 말이었다.

하기야 이런 매장을 통째로 예약한 적이 몇 번이나 있었을까.

그것도 손님 둘만 달랑 오면서 말이다.

"그냥 아무 데나 앉을게요."

"특별한 손님이라고 잘 모셔 달라고 당부를 하셔서."

하여간 그 인간, 오버는!

강철은 방석을 집어서는 아리엘의 자리에 놓아 주었다.
그리고 강철 본인은 그냥 맨바닥에 엉덩이를 붙였다.

"소갈비 4인분 주세요. 소주도 한 병 주시고요."

"예! 얼른 준비해 드릴게요."

아주머니는 후다닥 주방으로 향했다.

"고생 많았어요."

아리엘은 자리에 앉자마자 그 말부터 건넸다.

그녀는 빙긋 웃고 있었는데, 그 미소가 강철에겐 최고의
선물이었다.

"생각해 보면 참 신기해."

"뭐가요?"

"아리엘을 만난 거 말이야."

곡괭이를 사이드로 진화시키려고 각성의 조각을 모으다
가 이계에서 스미든을 만났다.

스미든과 얽히다 보니 레전드리 스태프를 강화하러 온 아리엘까지 인연이 닿은 거다.

"그때 사실, 난 아리엘 잡으려고 했었거든. 현상금이 1억이나 됐으니까."

"정말요? 근데 왜 안 잡았어요?"

그 무렵은 곡괭이질이나 하던 시절이었다.

권경우와의 대결도 버겁게 느껴지던 쪼렙이니, 당시 1위였던 아리엘을 잡는 건 상상도 못할 일이었다.

강철이 별다른 대꾸를 않자, 아리엘도 알 만하다는 듯 고개를 끄덕였다.

"그런데 하필 같은 건물에 살고 있을 줄 상상이나 했겠어?"

"맞아요. 그건 저도 진짜 신기했어요."

거기까지 말했을 때, 밑반찬과 숯불이 나왔다.

그러고 보니 아리엘과 추억을 말할 사이가 되었구나.

강철은 무엇보다 그 사실이 즐거웠다.

빚에 쪼들리며 산 강철에게 과거를 돌아보는 건 늘 괴로운 일이었으니까.

그런데 지금은 눈앞에 활활 타오르는 숯불에, 양념이 듬뿍 발린 소갈비를 익혀 가며 소주잔을 부딪치는 날이 온 거다.

강철은 입 안 가득 소주를 털어 넣었다.

"크!"

간만에 먹는 술이라 그런지 이게 참 달았다.

술이 달면 위험하다던데?

술잔을 비운 아리엘도 표정 하나 바뀌지 않은 걸 보면 대충 비슷한 모양이었다.

"아버님이랑 통화는 자주 해?"

"아뇨."

"왜?"

"원래 착한 딸 아니에요."

같이 여행 가서 봤다. 아리엘은 정말이지 아버지를 살뜰히도 챙겼다.

그래서 저런 건 뻔한 거짓말처럼 들렸다.

"걱정하실까 봐?"

아리엘은 대답 대신 상추와 깻잎을 들었다.

잘 구워진 소갈비에 마늘까지 얹어 한 쌈 제대로 싼 아리엘이 강철을 보며 다시금 미소를 던졌다.

"아- 해 봐요."

그녀가 쌈을 강철의 입에 가져갔다.

여기서 폼 잡으면 그건 또 웃기니까.

입을 크게 벌린 강철이 쌈을 맛있게 먹었다.

"말 나온 김에 하오한테 전화해 볼까?"

"어떤 거 때문에요?"

"화장품 사업 관련해서, 어떻게 진행되고 있는지 확인해 봐야지."

성격 급한 강철은 일단 휴대폰부터 들었다. 역시나 장린이 대신 전화를 받았고, 바로 통역을 해 주었다.

"뭐 해?"

(누굴 좀 만나려고.)

"이 시간에?"

(흐음.)

하오는 대답을 꺼려하는 느낌이었다.

하긴 사업가니까 일 관련해서 누굴 만난다면 말하지 못할 수도 있겠다.

"고마워."

(응?)

대단한 말도 아닌데, 꼭 고맙단 말을 하면 놀라곤 한다.

쩝!

"덕분에 밥 맛있게 먹고 있거든."

(에이! 뭐 그런 걸로 전화를 다 해. 동생답지 않게?)

"그나저나 화장품 사업은 어떻게 돼 가고 있어? 알리베이 메인 페이지에 걸어 주기로 했었잖아."

(안 그래도 계속 보고받았어. 지금도 공장이 풀가동되면서 화장품을 찍고 있고, 다음 주 중으로 우리 메인 페이지에 광고가 걸릴 거야.)

홈페이지에 대문짝만 하게 광고를 거는 일이다.

"무리하는 건 아니지?"

(동생 일인데, 무리해서라도 해야지.)

말은!

강철이 뿌듯한 표정을 지을 때였다.

(아, 제안 하나 하고 싶은 게 있는데.)

"뭐?"

(화장품이다 보니까, 광고 모델이 필요하거든.)

"연예인?"

(아니, 그럴 필요 없이 아리엘 양이 직접 모델을 하는 게 어떤가 싶어서. 이번 프로모션 참여로 전 세계적으로 인지도도 엄청 쌓았겠다, 그보다 좋은 모델이 또 어디 있겠어? 뭣보다 예쁘잖아.)

아리엘이 예쁘긴 하지.

그런데 숫기도 없고, 낯도 가려서 모델 일 같은 건 안 하려 들 텐데.

강철은 아리엘을 빤히 바라봤다.

그녀는 강철이 무슨 생각을 하는지도 모른 채로 열심히 고기를 먹었다.

한우 CF면 잘하지 않을까?

강철은 엉뚱한 생각을 하며 통화를 마쳤다.

하오가 자리한 카페는 썰렁했다.

당연히 통째로 빌린 까닭인데, 그걸 모르는 손님들은 자꾸만 문 앞에서 제지를 당했다.

지이잉! 지이잉!

휴대폰이 울렸고, 마주 앉은 장린이 후다닥 전화를 받았다.

(커피베네 맞아요? 여기 못 들어가는 거 같은데요?)

"제가 나가겠습니다."

장린의 대꾸에 하오는 화들짝 놀랐다. 하지만 이내 표정을 지운 그는 얼른 옷매무새를 정리했다.

검은색 정장에 흰 셔츠, 보라색 넥타이로 포인트를 준 무난한 패션이었다.

카페 문이 열리자 하오는 자리에서 일어났다. 앞장선 장린의 뒤로 긴 생머리의 여성이 보였다.

빨간색 후드 티에 통이 좁은 청바지, 거기다 하얀 운동화까지.

하오와 정반대되는 패션이었다.

"뉴스에서 봤는데. 하오 씨죠?"

"비델?"

"네."

하오는 어울리지 않게 의자를 빼 주었다. 레스토랑도 아니고, 카페에서 보이기는 조금 과한 매너였다.

비델도 그렇게 느꼈는지 조금 망설이다, 이내 자리에 앉왔다.

"카페 영업 안 한다는데, 어떻게 들어왔어요?"

너무 천진한 얼굴로 물어서 하오는 어떻게 답을 해야 하나 잠시 생각에 잠겼다.

"마왕님이랑 아리엘은요? 같이 보는 거 아니었어요?"

"둘은 데이트 중이야."

"예? 그럼 절 왜 부른 거예요?"

"밥 안 먹었을까 봐."

"밤 11시 반에요?"

"내가 무슨 큰 잘못이라도 했나?"

하오의 반응이 의외였을까? 비델이 하오의 눈을 빤히 들여다봤다.

"혹시 데이트하려고 자리 만든 거예요?"

"데이트?"

하오는 비델의 눈빛을 거부하지 않고 오히려 더 빤히 바라봤다.

예쁘다.

시원시원하게 생겼다고 해야 하나. 그냥 보고만 있어도 기분 좋아지는, 그런 외모였다.

"데이트하고 싶어서 부른 거 아니냐고요."

"그럼 안 되나?"

"그랬으면 해서 물은 건데요?"

와우! 외모만큼이나 성격도 시원시원하구나!

하오는 그 즉시 자리에서 일어났다.

"나가지?"

"어딜요?"

"데이트하기로 했으니까, 밥을 먹든 심화 영화를 보든 해야 할 거 아냐?"

하오의 말에 비델은 힐끔 장린을 쳐다봤다.

"그럼 셋이서 데이트하는 거예요?"

"응?"

"혹시 영어 할 줄 알아요?"

유창한 발음에 하오가 놀란 눈으로 비델을 바라봤다.

"언니가 공부를 좀 해서, 나도 어깨너머 조금씩 해 봤거든요."

"장린?"

"예!"

"화장품 사업과 관련된 거 내일 아침까지 모조리 정리해서 보고할 수 있도록."

데이트 방해 말고 들어가란 말을 사무적으로 예쁘게 포장하는 하오였다.

"예! 준비해 두겠습니다!"

장린의 우렁찬 대답과 함께 하오와 비델은 카페를 빠져나왔다.

쾅! 쾅! 쾅!

포비든은 의자를 들어 캡슐에 내리쩍었다.

캡슐을 복구 불능 상태까지 만들어 놓고도 그는 여전히 성이 안 풀린 표정이었다.

"젠장! 젠장!"

아무리 화를 풀어도 마왕의 얼굴이 떠올랐다.

사이드로 목을 그을 때, 그 번들거리는 눈빛이 눈앞에 그려져서 도저히 참을 수가 없었다.

쾅! 쾅! 콰직!

"에잇!"

포비든이 의자를 집어 던진 다음이었다.

똑똑똑!

노크 소리가 조심스레 방 안으로 넘어왔다.

"대표님께서 뵙자고 하십니다."

그러고는 비서 레넌의 착 가라앉은 말이 들렸다.

"아버님이?"

"예."

염병할!

디퍼를 대표해서 싸우라던 인간이다. 이번 패배를 문제 삼아 굴욕적인 말을 쏟아 낼 게 분명했다.

포비든은 잔뜩 일그러진 얼굴로 방을 나섰다.

레넌의 보고가 있은 뒤에 포비든은 브룩의 집무실로 들어설 수 있었다.

브룩은 한동안 아무 말도 하지 않았다.

집무실 중앙에 선 포비든에게 눈길조차 주지 않고 그저 모니터 화면에만 집중했다.

사람 취급을 않는다고 해야 할까.

좋다. 그럴 수 있다.

하지만 그럴 거면 대체 왜 부른 거냐.

포비든이 아랫입술을 꽉 물 때였다.

"긴말 않겠다."

브룩이 오랜 침묵을 깨고 포비든에게 시선을 던졌다.

몹시 차가운 눈이었다. 그래서 어떤 말이건 경고처럼 들릴 거 같았다.

브룩이 말을 이었다.

"네 실책을 무엇으로 만회할 테냐?"

"게임으로 갚아 주겠습니다."

"철저하게 박살이 난 게 아니었나?"

부드득!

포비든이 어금니를 꽉 물었다. 그가 애써 화를 억누르며 다시 입을 열려 한 순간이었다.

"하나만 더 묻자."

불쑥 끼어든 브룩의 말에 포비든은 얼른 입을 닫았다.

"오늘 승부의 결과로 네가 지닌 모든 걸 잃을 수 있다고 해도, 지금처럼 패배하고 돌아왔을까?"

"아닙니다. 절대로 그렇지 않았을 겁니다."

"그럼 썩어 빠진 정신머리 때문에 졌다고 여겨도 되는 거겠지?"

"죄송합니다."

"살면서 똑같은 기회가 두 번이나 찾아오는 일은 정말로 흔치 않아."

"명심하겠습니다."

"네가 얼마나 많은 특권을 누리는지 곱씹어라. 그리고 그게 한순간에 사라질 수 있다고 상상해 봐. 나 같으면 그놈을 찢어 죽이고 싶어 잠 한숨 못 잘 거 같은데?"

브룩의 책망에 포비든은 아무런 답도 하지 못한 채 고개만 떨어뜨렸다.

☙

프로모션 결과를 확인한 류샹은 참담한 표정이었다.

60퍼센트의 알파런을 쓰러뜨린 포비든이다.

어떻게든 승리할 거라 확신했었는데.

그러나 상대는 100퍼센트의 알파런을 직접 키워 낸 마왕이었다.

"젠장!"

마왕이 패배하면 어둠의 나라 콘텐츠에 지각변동이 왔을 게 분명했다.

그럼 개발자들의 정신이 다른 곳에 쏠린 틈을 활용해 어둠의 나라에 침투하여 리안의 파편을 모아 올 계획이었다.

그런데 포비든의 패배로 류샹의 그림이 죄 박살 나고 말았다.

'정말 넥씨와 거래를 하는 방법밖에 없는 거라고?'

하지만 그렇게 되면 강창모의 코드를 도용했단 사실을 만천하에 알려야 한다.

그건 게임을 되살린 의미가 전혀 없게 되는 전개였다.

'마왕 그 인간 때문에 되는 일이 하나도 없구나!'

그가 일그러진 얼굴로 방법을 강구할 때였다.

띠리리리리!

휴대폰 벨 소리에 류샹이 액정을 바라봤다.

"어라?"

마왕에게 무참히 박살 난 포비든이었다.

훈련 과정을 통해 류샹은 놈의 성격쯤 얼추 확인했다.

지금 전화를 받아 봐야 가로쉬에서 준비가 미흡했다는 둥, 알파런의 능력치를 온전히 컨버팅 못했다느니 남 탓을 해 댈 게 분명해 보였다.

그런데도 꼭 전화를 받아야 하나?

고민하던 류샹이 어렵게 통화 버튼을 눌렀다.

(왜 이렇게 전화를 늦게 받아!)

"죄, 죄송합니다. 무슨 일이십니까?"

(결과 확인했지?)

"예? 아, 예!"

(내 기분이 어떨 거 같아?)

저기다 대고 무슨 말을 할 수 있겠나.

혹시 무슨 책임이라도 묻지 않을까, 류샹은 아무런 말을 뱉지 못했다.

그러나 포비든은 전혀 생각지 못한 말을 내밀었다.

(복수를 해야 되겠는데.)

"예?"

(복수를 해야겠다고!)

이 개새끼는 근데 뭘 잘했다고 자꾸!

류샹의 얼굴은 잔뜩 일그러져 있었지만, 그게 수화기 너머로 전달되진 않았다.

(마왕을 끌어내릴 거야.)

"하지만 마왕의 실력이 너무 뛰어난 관계로……."

(게임을 무너뜨리면 저절로 내려올 수밖에 없잖아!)

"예?"

(어둠의 나라를 박살 내 버려! 마왕이 아무것도 할 수 없

도록!)

 너무 황당한 제안에 류샹은 아무런 대꾸도 하지 못했다.

 (불가능해? 자신 없어?)

 "그, 그런 건 아닙니다만……."

 (어둠의 나라를 박살 내기 위해 뭐가 필요한지 목록을 뽑아서 이 번호로 다시 연락해.)

 포비든은 다짜고짜 자기 할 말만 지껄이고는 전화를 확 끊어 버렸다.

 "이 새끼가 진짜!"

 류샹은 전화가 확실히 끊어진 것까지 확인한 뒤에야 욕지기를 뱉었다.

 "어둠의 나라를 파괴한다고? 송재균이 이를 악물고 지키고 있는데?"

 먹이를 찾는 뱀처럼 류샹은 가늘게 뜬 눈으로 모니터를 노려보았다.

렙업하는 마왕님

각각 소주 한 병씩에 소갈비를 양껏 먹어 줬다.

기분 좋은 밤이었다.

강철과 아리엘은 손을 잡고 강남 거리를 거닐었다.

넥씨 본사가 코앞인데도 의미 없이 걸어 다녔다. 헤어지기 아쉬워서였다.

똑같은 마음이라 둘은 손만 꼭 쥐었다.

"강철 씨는 앞으로도 회사에서 생활할 거예요?"

"왜?"

"그냥요."

별로 생각해 본 적 없는 이야기였다.

하긴 통장에 잔고도 쌓였을 텐데, 언제까지 넥씨에서 사는 게 그렇긴 했다.

돈 많이 벌어 놓고 월세 방에 사는 건 더 이상하고.

"집을 장만하는 게 맞네."

원룸 살던 강철이 길을 걷다 집을 사야겠노라 결정한 거다.

휴대폰 하나 바꾸는 것도 아니고, 집 한 채를 사는 걸 이렇게 쉽게?

강철은 피식 웃음이 나왔다. 노력한 보람이 있다는 생각에서였다.

두 사람은 몰랐지만, TV에선 프로모션 결과를 계속해서 보도했다. 인터넷 매체 또한 경쟁하듯 마왕 관련 기사를 쏟아 내는 중이었다.

정작 프로모션 당사자인 두 사람은 기분 좋은 얼굴로 강남의 밤거리를 걸을 뿐이지만 말이다.

"앞으로 스케줄은 어떻게 돼요?"

"나도 잘 모르겠는데? 아무래도 당분간은 쉬다가, 월드 통합 서버가 오픈되지 않을까?"

"그때 되면 또 바빠지겠네요?"

아리엘이 좋은 말로 할 때 푹 쉬라는 눈으로 강철을 바라봤다.

그래, 급할 것도 없으니까.

강철은 기분 좋게 고개를 끄덕여 주었다.

두 사람은 그 뒤로도 꽤 오랜 시간 강남의 밤거리를 배

회했다.

그 정도 되면 어디선가 쉬고 싶은 마음이 들 법도 한데, 두 사람은 고집스레 걸었다.

하여간 보기 드문 커플임은 분명했다.

☞

잠에서 깬 강철은 시간부터 확인했다.

아침 10시.

새벽 2시까지 걸은 걸 감안해도 충분히 잤다.

샤워까지 말끔히 마친 강철은 통장을 들고 은행으로 향했다.

집이나 차를 살 때면 송재균이 꼭 도와준다고 했었다. 신신당부했는데 상의조차 안 하면 서운해할 게 분명했다.

강철은 이런저런 생각과 함께 ATM 기기에 통장을 넣었다. 계좌를 만들고 처음 하는 통장 정리였다.

'돈이 얼마나 있는지는 알아야 부탁을 해도 하겠지?'

요란한 소리가 한참 들리고 난 뒤, 기계가 통장을 뱉어 냈다.

은근히 떨렸다. 어느 순간부터는 통장에 얼마가 있는지 제대로 확인해 보지 못했으니까.

"으응?"

강철의 눈이 휘둥그레졌다. 마지막에 찍힌 돈은 자그마치 41억이었다.

4억 1천만 원이 아니고, 41억!

꿀꺽!

저도 모르게 통장을 얼른 닫은 강철은 주위를 휘휘 둘러보았다.

누구 하나 강철을 주목하는 이 없었다.

당연했다.

그런데도 강철은 입술이 바짝 마르는 느낌마저 들었다.

꽤 많이 들어 있을 거라고 예상은 했다. 그러나 이렇게 무식한 액수가 찍혀 있을 줄은 몰랐다.

어제 자로 입금이 완료된 게 두 개나 되는 걸 보면 이번 프로모션 비용을 지급받은 건 확실한데.

강철은 일단 휴대폰부터 꺼내 들었다.

수신자는 송재균이었다.

"개발자님, 지금 뵐 수 있을까요?"

(물론입니다. 제가 강철 씨에게 가겠습니다.)

"아네요. 제가 지금 밖이라서요. 얼른 올라갈게요."

통화를 마친 강철은 통장을 바지 주머니에 깊게 찔러 넣고는 후다닥 은행을 빠져나왔다.

누가 따라오는 것도 아닌데 자꾸만 걸음이 빨라져 갔다.

찾아가겠다고 미리 전화를 해서 그런지 송재균은 테이블 위에 커피 두 잔을 마련해 뒀다.

프로모션 때면 서류가 이리저리 뒤엉켜 있었다만, 오늘은 말끔히 정돈이 돼 있었다.

깔끔한 방만큼이나 송재균의 표정도 밝았다.

"어제는 팀원들과 회포를 푸셔야 할 거 같아서 따로 연락드리지 않았습니다. 어떻게, 잘 쉬셨습니까?"

"예. 개발자님이 여러모로 도와주신 덕분에 승리할 수 있었어요. 정말 감사드려요."

"저 때문이라뇨. 강철 씨가 노력해서 쟁취해 낸 결과인데요."

송재균이 강철을 돕기 위해 발 벗고 뛴 날들을 왜 모르겠나.

"그나저나 어쩐 일이시죠?"

강철은 집을 구매하려고 통장을 정리한 걸 얘기해 주었다.

송재균에게는 숨길 게 없을 거 같아서 그냥 통장을 열어 보여 주기도 했다.

"더 들어올 겁니다. CF 모델료도 받으셔야 하니까요."

"CF요?"

"예. 오늘의 승리 때문에라도 광고가 엄청나게 몰려들 겁니다. 지금까지 번 금액보다도 훨씬 많은 금액이 한꺼번에 쏟아질 수 있습니다."

훈련하느라 바빴지, 그런 건 생각도 못해 봤다.

그러나 송재균은 놀라긴 이르다는 것처럼 입을 열었다.

천용진 부사장이 가로쉬로부터 받은 차명계좌가 마왕의 몫이 된다는 이야기였다.

"그걸 왜 제가 받아요?"

"가로쉬와 천용진의 방해로 강철 씨가 피해를 보셨으니까요. 합의금 명목으로 처리하는 게 회사 차원에서도 가장 깔끔한 해결책입니다."

"그게 얼만데요?"

"전에 가로쉬의 주식까지 포함해서, 강철 씨 이름으로 보유하게 될 주식만 700억 가까이 될 겁니다."

"아……."

"안 놀라십니까?"

솔직히 통장에 41억이 찍혀 있을 땐 소름이 쫙 끼쳤고, 짜릿하기까지 했다.

하지만 지금은 좀 달랐다.

너무 비현실적인 금액인 것도 그렇고, 남의 돈을 잠깐 보관하는 거 같은 기분이 들어서 그렇기도 했다.

노력해서 번 돈도 아니고, 저런 건 없는 셈 치는 게 맞다.

그렇게 생각하자 홀가분한 마음이 들었다.

강철의 마음을 읽었을까? 송재균은 강철과 비슷한 얼굴이 되었다.

"집은 투자 목적까지 생각하시는 겁니까?"
"아뇨, 그냥 살 집을 찾는 거예요."
돈은 마왕 일 하면서 벌면 된다.
굳이 집을 고르는 일까지 돈을 버는 목적에 얽매이고 싶지 않았다.
"넥씨랑 가까우면 제일 좋구요."
"예, 알겠습니다. 알아보고 따로 연락을 드리겠습니다."
"그럼 부탁드릴게요."
고맙다. 부탁을 받는 입장이면서도 저렇게 기쁜 표정을 짓는 송재균의 마음이.
그는 강철의 성공을 진심으로 기뻐해 주었다.
그런 마음이 고스란히 전해져서 강철은 활짝 웃으며 송재균의 방을 빠져나왔다.

※

집이 아무리 비싸 봐야 10억을 넘지는 않을 거다.
아, 물론 무지하게 비싼 집도 있겠지만, 강철 혼자 살 건데 그렇게 많은 돈을 쓰는 건 말이 안 됐다.
그래도 30억이 남잖아?
돈에 발이 달려 도망가는 건 아니다.
다만, 저 정도 액수가 있으면 좋은 방향으로 쓸 수도 있지 않을까 싶은 생각이 들었다.

　복도를 걷던 강철이 김필중에게 전화를 넣은 건 그 때문이었다.

　(부라더! 승리 축하혀! 내가 한 장면도 빠짐없이 다 본 겨!)
　"어디야?"
　(강남!)
　"강남은 왜?"
　(부라더가 전화하면 바로 튀어 나갈라고 대기하고 있었지!)
　이 인간, 입에 침도 안 바르고 거짓말하는 거 봐라.
　그래도 저런 말이 밉지는 않았다.
　"밥이나 먹자. 복잡하게 다 데려오지 말고."
　(형식이는 같이 가도 되는 겨?)
　"그래. 한 시간 뒤에, 저번에 봤던 순댓국집으로 와."
　통화를 마친 강철은 천천히 회사를 나섰다.

　강철은 본사 건물 유리에 비친 자신의 모습을 보았다.
　추리닝에 후드 티 차림이다.
　어제랑 똑같이 입었는데, 이거 아리엘이니까 이해하지 바람직한 패션은 아니었다.
　'옷이나 좀 살까?'
　하기야 KTBC랑 인터뷰할 때 보니까, 꾸미면 확실히 사람이 달라 보이긴 하더라.

하오한테 도와달라고 하면 이번엔 백화점을 통째로 빌려 버릴지 모를 일이라, 강철은 택시를 잡아 근처 옷집으로 향했다.

뷔인폴!

자전거를 탄 신사 로고가 박힌 브랜드였다.

돈 벌면 꼭 입고 싶다고 생각해 둔 참이었는데.

택시에서 내린 강철은 얼른 매장 안으로 들어갔다.

은은한 조명에 원목 위주의 멋스러운 인테리어까지, 기대했던 대로 고급스러운 분위기가 물씬 풍겨 줬다.

흐흐흐! 지가 아무리 고급스러워 봤자지!

강철은 거침없이 골랐다.

남방 한 벌에 10만 원이 거뜬히 넘어갔다만, 그렇게 부담스러울 정도는 아니었다.

위아래로 세 벌씩 있으면 되겠지?

남방 2개에, 긴팔 티셔츠 하나, 바지 3개를 카운터로 들고 갔을 때였다.

가격을 찍던 여직원과 눈이 마주쳤다.

이럴 때 웃고 그러면 좋다만, 강철은 그런 게 좀 어려웠다.

괜히 딱딱한 표정으로 뻘쭘하게 서 있는데, 무슨 일인지 직원이 조심스런 목소리로 말을 걸어왔다.

"혹시 마왕 아니세요?"

"예?"

"KTBC 뉴스에……."

생각지도 못한 상황이었다.

이런 일을 자주 겪었으면 아니라고 하고 후다닥 빠져나왔을 것을, 난생처음 겪는 일에 아무런 대꾸도 할 수 없었다.

직원은 그 반응을 긍정의 의미로 받아들인 모양이다.

"사진 한 번만 찍어 주시면 안 돼요?"

"예?"

"저 정말 팬이에요. 퇴근하고 캡슐에서 나오질 않는다니까요!"

솔직히 팬이니, 뭐니 하는 말은 난생처음 들어 봤다.

어떻게 반응해야 하는지도 모르는 와중에, 직원은 정말이지 기쁜 얼굴이었다.

저런데 어떻게 거절을 하겠나.

강철은 난감했지만, 꾹 참으며 입을 열었다.

"찍으세요."

그냥 사진 한 방 찍는 건 줄 알았다. 그런데 직원은 카운터를 나와서는 강철의 옆에 섰다.

응?

카메라를 높이 든 그녀는 커다랗게 브이를 그렸다. 볼도 빵빵하게 불린 채였다.

찰칵!

강철은 졸지에 직원과 셀카를 찍고 말았다.

"이거 SNS에 올려도 돼요?"

말 안 하고 올리면 막을 방법도 없을 텐데, 저렇게 묻기까지 하는 걸 보면 정말 팬이긴 한가 보다.

강철이 고개를 끄덕이자, 직원은 활짝 웃으며 쇼핑백에 옷을 챙겨 주었다.

강철은 계산을 하기 위해 낡아 빠진 지갑에서 카드를 꺼냈다. 별생각 없이 한 행동인데 그녀가 눈을 빛냈다.

"잠시만요!"

다시금 카운터를 빠져나온 직원은 매장 어딘가로 후다닥 달려갔다. 쇼케이스에서 뭔가를 꺼낸 그녀는 황급히 카운터로 돌아왔다.

"이건 팬으로서 드리는 선물이에요."

그녀가 내민 건 카드 지갑이었다.

"예?"

"정말 출근하기 싫은 날 있거든요. 그럴 때 마왕 동영상 찾아봐요. 끝났다 싶을 때 꾸역꾸역 일어나는 영상 있잖아요. 이상하게 그걸 보면 힘이 나요, 저는."

마왕의 영상을 보며 힘을 얻는다고?

강철은 순간 온몸에 털이 쭈뼛 서는 기분이었다.

그런 건 정말이지 생각조차 못해 봤는데.

"받으세요."

직원이 재차 지갑을 내밀었다.

밥이나 먹으러 가자 • 233

'얼굴 한번 본 적 없는 누군가가, 내 플레이를 보면서 힘을 낸다니.'

강철은 얼른 카드를 내밀었다.

"지갑은 제가 결제할게요."

"아녜요. 제가 선물로 드리는 거예요."

선물은 이미 받았다.

강철은 억지로 카드를 내밀었다.

"통합 서버 오픈하면 그때 와서 한번 붙죠. 그거면 돼요."

당신 몫으로 20만 원의 현상금이 걸려 있으니까요.

하지만 강철은 그 말을 꾹 삼켰다.

"저 때문에 괜히 지갑 사시는 거 아니구요?"

"지갑이 낡아서 사려고 했어요, 저도."

100만 원 가까이 결제한 강철은 기분 좋은 얼굴로 매장을 빠져나왔다.

시간이 좀 애매하다고 느낀 강철은 김필중에게 전화를 걸었다.

"어디야?"

(거의 다 온 겨!)

"배고파?"

(응? 하고 싶은 말 있으면 혀. 난 부라더 말이면 다 괜찮어.)

"배 안 고프면 카페부터 가자."

(그건 일도 아닌 겨! 하루 종일 굶으래도 굶을 수 있어!)

오버는!

강철은 눈앞에 있는 카페 이름을 불러 주었다.

"안에 들어가 있을 테니까, 그리로 와."

(5분이면 도착혀.)

"커피 세 잔 시켜 놓는다."

(계산을 왜 부라더가 혀! 좀만 기다려 봐!)

그럼 강남까지 불러서 커피를 사라고 해야겠냐?

전화를 끊은 강철은 카페 안으로 들어가서 커피 세 잔을 주문하고는, 진동 벨을 받아서 2층으로 올라갔다.

점심시간을 앞둔 시간쯤 되려나.

창밖으로 사람들이 강남 거리를 분주히 걷고 있었다.

그들 틈으로 몹시 이질적인 외모의 두 사람이 모습을 드러냈다.

말도 안 해 줬다. 그런데도 두 인간은 거침없이 2층으로 올라왔다.

"부라더어어!"

"큰형니임!"

염병할! 카페에서 그렇게 부르면 사람들이 뭘로 보겠냐!

드드드드드득!

때마침 진동 벨이 울려서, 박형식은 그걸 쥐고 1층으로 내려갔다.

"부라더! 옷 산 겨?"

김필중은 쇼핑백을 가리키며 자리에 앉았다.

"지금 그게 중요한 게 아니고."

"응?"

"나한테 돈이 좀 있는데."

저 인간, 돈이란 말에 눈이 번뜩였다.

김필중이 저러는 거 하루 이틀도 아니고.

"아리엘 아버님처럼 상황이 어려운 기업 좀 아는 데 있어?"

"부라더, 드디어 맘 잡은 겨?"

강철의 말에 김필중은 역시나 엉뚱한 해석을 꺼내 놓았다.

탁탁탁탁!

요란하게 계단을 오르는 소리와 함께 박형식이 커피를 들고 왔다.

강철이 혼자 앉고, 맞은편에 김필중과 박형식이 나란히 앉았다.

"형식아, 우리 부라더가 드디어 투자에 눈을 뜬 모양이여!"

김필중과 달리 박형식은 좀 점잖았다. 표정을 지운 얼굴로 고개를 끄덕이는 폼이 그랬다.

김필중을 들뜨게 해 봐야 피곤할 뿐이다.

"투자를 할 건 맞아. 그런데 그 전에 확실히 해야 할 게 있어."

"뭔디? 뭐든 확인혀 봐."

"나와 함께하고 싶긴 한 거야?"

"물론이지!"

"내 돈 때문에?"

"에잇! 부라더! 나도 돈은 많은 겨! 우리가 함께한 세월, 관계 그런 거 땜시 그러는 거지! 다른 마음은 없어! 참말이여!"

강철은 김필중의 눈을 빤히 바라봤다.

그 말 책임질 수 있냐는 물음이었는데, 김필중은 그 눈을 조금도 피하지 않았다.

"그럼 부당하게 취한 이득, 다 돌려줘."

"으응?"

"돈은 기본으로 돌려주고, 돈놀이하면서 사람 마음에 상처 입혔던 거 일일이 찾아가서 사죄해."

이게 무슨 말인가 박형식을 돌아보던 김필중이다.

꿀꺽!

하지만 곧 그게 무슨 말인지 이해가 됐다는 듯 김필중의 목울대가 커다랗게 움직였다.

"나랑 일할 거면 그렇게 하라는 거야. 그게 싫으면 그냥 지금처럼 가진 돈으로 떵떵거리며 살아."

놈은 긴장했는지 금니 두 개를 열심히 문질렀다.

돈놀이로 2백억을 번 인간이다.

부당한 이득을 뱉어 내라는 건 전 재산을 토해 내란 소리나 다름없었다.

돈만 보고 산 인간이 그걸 할 수 있을까?

강철은 답을 내놓으라는 듯 김필중을 바라보았다.

"부라더, 잠깐 담배 한 대만 태우고 와도 되겠어?"

애꿎은 입술만 깨물던 김필중이 어렵게 내놓은 답이었다. 강철이 고개를 끄덕이자 김필중은 얼른 자리에서 일어났다.

박형식도 함께하려 했다. 그러나 김필중이 박형식의 어깨에 손을 얹었다.

혼자 다녀오겠다는 뜻이겠지.

그가 계단을 내려가자 박형식은 존경 어린 눈으로 강철을 바라봤다.

뭐냐, 이 어색한 분위기는.

"필중 형님 결정에 따라, 저도 똑같이 하겠습니다."

박형식은 그 말을 하고는 강철에게 꾸벅 고개를 숙였다.

하여간 의리 하나는 죽여준다.

강철은 커피를 홀짝이며 창밖을 바라봤다.

담배 한 대를 태우고 온댔으면서, 김필중은 커피가 식을 동안 돌아오지 않았다.

그냥 가 버렸나?

그런데도 뭐, 어쩔 수 없다고 생각한 다음이었다.

"부라더! 결정한 겨!"

계단 쪽에서 들려온 소리였다.

의자에 앉고 해도 될 얘기를, 김필중은 멀리서부터 떠들어 대고 있었다.

박형식은 형님 맞을 준비를 하는 것처럼 자리에서 일어났다.

그렇게 계단을 올라온 김필중은 강철을 향해 다짜고짜 무릎부터 꿇었다.

뭐냐, 이건 또?

"내가 사죄를 한다면 그건 부라더한테 가장 먼저 하는 게 맞어. 정말 미안혀. 내가 죽을죄를 지은 겨!"

"빨리 안 일어나?"

"부라더, 나 때문에 지난날이 얼마나 힘들었는지 말 안 해도 아는 겨."

무릎을 꿇다 못해 놈은 이제 절을 하는 것처럼 머리까지 조아렸다.

그 모습을 지켜보던 박형식도 같이 머리를 박았다.

이게 카페에서 뭐 하는 짓이냐, 진짜!

"부라더한테 받은 7억은 계좌번호 찍어 주면 바로 넣어 줄 껴."

그러나 뒤이어 들려온 말은 강철의 귀를 솔깃하게 했다.

부당하게 얻은 이익을 돌려주면 강철도 7억을 돌려받게

되는 셈이구나.
 거기까진 생각도 못해 봤는데.
 "일어나, 일단."
 "부라더! 정말 미안혀!"
 "일어나라고."
 강철의 목소리가 꽤 높아졌던 모양이었다. 김필중과 박형식이 동시에 몸을 일으켰다.
 이 분위기에 카페에 계속 앉아 있는 게 말이나 되는 소리냐.
 "밥이나 먹으러 가자."
 강철은 황급히 카페를 나섰다.

 치이이이익!
 어제 소고기 먹었다.
 그래도 저 인간, 2백억 뱉으라고 해 놓고 순댓국을 사 줄 순 없는 거 아닌가.
 김필중은 멍한 얼굴로 꽃등심을 내려다봤다.
 돈 번 거 뱉겠다고 결심은 했다. 하지만 당장 실감이 나면 그게 이상한 거 아니겠나.
 "싫으면 안 해도 돼. 차라리 2백억 들고 떵떵거리면서 사는 게 낫지 않아?"
 "솔직히 말헐까?"

"그래, 마음에 있는 말 다 해 봐."

"내가 부라더 존경혀. 어린 나이에 독하게 돈 번 거 인정하는 겨. 그래도 평생 벌어서 모은 2백억, 나한테 소름 끼치게 소중혀. 그건 워쩔 수 없어."

강철은 고개를 끄덕이며 꽃등심을 뒤집었다.

박형식이 하겠다고 나섰지만, 고기는 맛있게 굽는 사람이 구우면 된다고 억지로 집게를 든 참이었다.

"나도 선의로만 2백억을 포기하는 건 아녀. 다만 부라더랑 함께하면 2백억 더 벌 수 있다는 확신, 솔직히 그런 게 있는 겨."

김필중은 강철의 눈을 피하지 않았다. 저 말이 사실이라는 것쯤 놈의 눈만 봐도 알 수 있었다.

"나도 사람이여. 나라고 왜 남의 눈에서 눈물 나게 하는 게 좋겄어? 부라더랑 일하면서 올바로 돈 벌 수 있다는 확신이 서서 포기한 겨, 2백억."

"근데 왜 눈에 눈물이 고였어?"

"크흑!"

김필중이 지금 무슨 생각을 하는지 모르겠다.

다만, 말로 할 수 없을 만큼 복잡한 마음이라는 것 정도는 미뤄 짐작해 볼 수 있었다.

"번 돈 다 돌려주는 데 얼마나 걸려?"

"최소 일주일은 걸릴 겨."

"동생 시키지 말고, 직접 찾아가서 사죄해. 돈 돌려준 사람들한테 확인 전화 해 볼 거니까 딴마음 품지 말고."

"에잇! 사나이 김필중이 한 입으로 두말은 안 하는 겨."

그 정도는 강철도 알았다. 그냥 경고하듯 한 말일 뿐, 큰 의미를 둔 말은 아니었다.

강철은 박형식에게 시선을 돌렸다.

"투자금이 없어서 허덕이는 회사들 추려 놓을 순 있어?"

"기술은 있는데 당장 상황이 어려운 회사들 말씀하시는 겁니까?"

"그래."

"전혀 문제없습니다."

이왕 돈을 쓰는 거라면 보람도 있고, 돈도 벌 수 있는 일에 쓰고 싶은 마음이었다.

"이왕이면 하오와 연계해서 중국 시장에 진출할 수 있는 회사면 더 좋고."

"옙!"

"이제 먹자."

강철은 잘 익은 꽃등심을 집어서는 입으로 가져갔다.

입에서 녹는다는 게 이런 거구나.

어제 그렇게 소갈비를 먹어 놓고, 이게 또 잘 들어갔다.

돈 2백억 날릴 생각에 그렇게 훌쩍이던 김필중도,

"맛은 있네. 역시 비싼 건 달러."

한 번에 두 점씩 속없이 잘도 먹어 댔다.

그래, 먹자!

강철은 꽃등심 5인분을 추가로 주문해 주었다.

⚐

송재균은 간만에 여유를 즐겼다.

물론 모니터에 가득한 데이터를 확인하는 중이긴 했다.

그래도 커피가 가득 담긴 머그컵을 입가에 가져가는 것만으로도 전에 없이 여유로웠다.

그는 리안이 강철에게 내린 연계 퀘스트를 살피는 중이었다.

이 퀘스트를 완벽하게 해결하는 것이, 어둠의 나라에 침투한 가로쉬의 데이터를 완벽히 걷어 내는 길이라고 생각했다.

월드 통합 서버를 오픈하는 데 대략 열흘의 시간이 남았으니, 그 전에 강철이 이 퀘스트를 수행해 주면 딱 좋을 텐데.

그 전에 집도 구매하는 등 강철도 충분한 여유를 즐겨야겠지만 말이다.

안 그래도 송재균은 강철이 살면 좋을 집을 몇 개 알아봐 두었다.

모두 훌륭해서 직접 보고 가장 마음에 드는 걸 선택하면 될 일이었다.

송재균이 기분 좋은 미소를 지을 때였다.

띠리리리리리!

그는 얼른 내선 전화를 집어 들었다.

(김백준입니다. 혹시 인터넷 확인하셨습니까?)

송재균은 무슨 일인가 싶어 얼른 인터넷 창을 띄워 보았다. 과연 실시간 검색어 1위가 마왕이었다.

프로모션 다음 날이라 마왕이 1위를 한다고 해도 이상할 건 없었다.

"무슨 일이죠?"

(강철 씨가 강남에 어떤 매장에서 사진을 하나 찍은 모양인데요. 그거 때문에 인터넷에 난리가 났습니다.)

"사진 하나 찍었다고 난리가 나요?"

혹시 무례한 태도라도 보인 건가.

강철 성격에 그럴 리가 없는데.

송재균은 심장이 덜컹 내려앉는 기분이었다.

(별 대단할 거 없는 사진입니다만, 반응이 폭발적입니다. 브랜드의 모기업에서도 강철 씨를 모델로 삼고 싶다고 난리가 났습니다.)

"아, 문제가 발생한 게 아니고요?"

(문제요? 문제 될 게 뭐 있나요?)

김백준은 그게 무슨 소리냐는 듯 되물었다.

휴우!

그래, 문제가 생긴 게 아니라면 그게 어디냐.

"그런 이유로 전화를 하신 겁니까?"

김백준은 원래 좀 무뚝뚝한 사람이다. 강철에게 좋은 일 좀 생겼다고 기뻐서 전화할 스타일이 아니다.

(마왕에게 좋은 일이 생겼다고 하니까, 저도 모르게 그만······.)

그러니까 이 양반도 결국 강철에게 마음을 뺏겼다는 거 잖아?

송재균은 픽 웃음이 터져 나왔다.

김택수와 홍보팀 김유정 상무는 의장실에 마주 앉아 광고 건에 관한 대화를 나누는 중이었다.

"뷔인폴에서는 이미 마왕에 대한 CF를 제안했던 참이었습니다. 그런데 이번에 마왕이 직접 매장에 방문하여 직원과 사진을 찍은 일이 이슈가 되자, 더욱 적극적으로 구애를 해 오는 중입니다."

"사진 하나 찍었을 뿐이잖습니까? 우리야 너무 기쁜 일입니다만, 이 정도의 반응이 온다니 참······."

"강철 씨가 굉장히 예의 바른 모습을 보였던 모양입니다. 선물을 준비했는데 정중히 거절하고 구입을 해서 나간 게 특별하게 느껴지기도 했던 거 같구요."

가뜩이나 호감 이미지가 강한 마왕이다.

별로 대단할 게 없어도, 강철이 하면 더 예뻐 보이는 게 분명했다.

왜 있잖은가. 인생에선 뭘 해도 되는 때 말이다.

강철은 지금이 그런 시기인 모양이었다.

"모기업이 국내 최고 그룹 오성 아닙니까?"

"예. 안 그래도 굉장히 공격적인 제안을 해 왔습니다. 의류 브랜드뿐만 아니라, 오성전자의 모든 CF를 마왕이 도맡아 줬으면 좋겠다는 겁니다."

그 정도는 놀랄 것도, 특별할 것도 없었다.

프로모션이 끝난 뒤에 쏟아지는 광고만 해도 전 세계적으로 수백 건에 달할 정도였으니, 특별히 오성이 아니라도 돈은 충분히 벌 수 있었다.

어느 순간부턴가, 강철을 보유한 대가로 넥씨는 초 '갑'이 돼 버렸다.

"그래서 무슨 제안을 해 왔습니까?"

"오성의 계열사 광고만 찍는 독점 계약을 원했고, 그 조건으로 월드 통합 서버가 열릴 때 가장 좋은 조건으로 후원 계약을 맺길 원했습니다."

"그게 끝입니까?"

"신작 개발에 가장 많은 투자를 하겠다고 약속했습니다."

아직 부족하다는 듯 김택수가 고개를 갸웃했다.

미국의 스포츠 스타 같은 경우, 스포츠 업체와 계약을 맺는 조건으로 연간 100억 이상의 모델료를 받는다.

그 정도 대우를 해 주지 않는다면 굳이 독점 계약을 맺을 필요는 없는 거다.

김택수의 표정을 읽었을까?

"독점 광고 비용 책정은 직접 만나서 의논해 봐야 할 거 같습니다."

"최소가 100억입니다."

"예. 그 정도는 문제없을 거 같습니다."

"문제가 없다구요?"

김택수가 놀랍다는 듯 눈을 흘기자 김유정이 말을 이었다.

"국내 독점 액수가 그 정도 되고, 무대를 세계로 넓히면 그보다 훨씬 많은 액수를 보장할 수 있다고 했습니다. 다만 해외까지 독점으로 할 경우, 강철 씨가 알리베이 모델을 할 수 없다는 단점이 있습니다."

국내 스포츠 스타 중 누구 한 명이라도 1년 광고료로 100억을 받은 사람이 있었던가?

한국 최초임은 물론 게임 업계 최초로 모델료 100억 시대를 여는 거다.

아무튼 강철과 함께라면 표정 관리해야 할 일들이 계속 들이닥친다.

김택수는 애써 표정을 감추며 사뭇 진지한 얼굴로 창밖을 노려보았다.

류샹의 모니터엔 리안의 상자가 떠올라 있었다.

"후우."

넥씨는 이번 프로모션의 대흥행으로 축제 분위기일 게 분명했다.

그런데 가로쉬는 저 상자를 열지 못하면 게임이 통째로 날아갈 위기에 처해 버렸다.

젠장!

이대로 무너질 순 없다. 어둠의 나라를 무너뜨리고, 가로쉬는 부활해야 한다.

'그러려면 가로쉬의 데이터를 넥씨에 심어야 하는데……'

전처럼 넥씨에 배신자가 있어서 방화벽을 열어 줄 상황이 아니다.

결국 해커를 동원해야 한다는 뜻이다.

'그게 가능할까?'

포비든은 필요한 게 있으면 다 말하라고 말은 했었다.

하지만 해커를 동원한다고 넥씨의 방화벽을 뚫을 수 있긴 한 걸까?

지이잉! 지이잉!

때마침 휴대폰이 울려 댔다. 발신자는 포비든이었다.

류샹은 잔뜩 일그러진 얼굴로 전화를 받았다.

"예, 류상입니다."

(방법을 마련했나?)

다짜고짜 던진 본론이다.

이런 때 허튼소리 하면 바로 작살난다.

"예. 알파런을 어둠의 나라에 심으면 게임을 박살 낼 수 있을 거 같습니다."

(인공지능이 직접 가는 거야?)

"예. 하지만 인공지능에게 모든 걸 맡기는 것보다는 확실하게 파일럿을 심는 게 안전할 거 같습니다."

(그건 내가 하지. 당연히 가능할 테지?)

"아, 예. 그거야 문제없습니다만……."

(다른 데서 문제가 있다는 뜻이로군?)

"죄송합니다."

류상은 보이지도 않는데 꾸벅 고개를 숙였다.

"방화벽을 뚫어야 하는데 방법이 없습니다."

(그거만 해결하면 되는 거야? 그럼 바로 쳐들어갈 수 있다는 소린가?)

"아, 예."

대답을 들은 포비든은 일방적으로 전화를 끊어 버렸다.

나이도 어린 새끼가!

그러나 류상의 표정은 결코 나쁘지 않았다.

디퍼의 후계자가 저렇게 자신하며 전화를 끊은 거니까.

류상은 모니터에 떠오른 리안의 상자를 바라보았다.
'뭔가 방법이 있는 거겠지?'
그는 조용히 입맛을 다셨다.

제9장

우리도 곧 도움을 받아야 할 거 같군

렙업하는 마왕님

김필중은 오르막길을 걷고 있었다.

달동네다.

가파른 길을 걷다 뒤를 돌아보면 서울의 풍경이 한눈에 들어온다. 드높은 빌딩에서 보는 것과는 좀 다른 광경이 펼쳐지지만 말이다.

허억! 허억!

숨이 턱까지 차오른 김필중은 잠시 걸음을 멈췄다.

돈 받으러 갈 때는 그렇게 가볍던 발걸음이 오늘은 쉽사리 떨어지지 않았다.

"형님, 괜찮으십니까?"

뒤따르던 박형식이 걱정이 가득한 목소리로 물었다.

우리도 곧 도움을 받아야 할 거 같군 • 253

혼자 가겠다는 걸 지독히도 우겨서 따라온 박형식이다. 그는 커다란 007가방을 들고 있었다.

"염병할! 이 정도 높이는 문제없는 겨."

김필중이 향한 곳은 판자촌 중에서도 거의 쓰러져 가는 집이었다.

탕탕탕!

사자 얼굴이 그려진 철문을 두드리면 집 안이 조용해졌다. 그리고 3분쯤 지나면 초췌한 얼굴의 남자가 모습을 드러냈다.

딱 지금처럼 말이다.

"죄, 죄송합니다."

슬리퍼에 무릎이 나온 파란 추리닝, 소매가 없는 하얀 러닝 바람의 청년이 나왔다.

꼴은 백수 같아도 택배 상하차에 대리까지 뛰어서 이자를 갚는 양반이었다.

"뭐가 죄송혀?"

"오늘도 이자밖에 드릴 수가 없어서요."

자다 나왔는지 쭈뼛쭈뼛 선 머리로 그는 연신 고개를 숙였다.

쿵!

그러자 김필중이 대뜸 무릎부터 꿇었다. 박형식이 뒤따라 몸을 숙였고, 이게 무슨 상황인가 고개를 갸웃하던 청년마저 이내 허리를 굽혔다.

"왜 이러시는 겁니까?"

청년은 잔뜩 긴장한 얼굴이었다. 그럴수록 김필중은 깊이 고개를 숙여야 했다.

"미안혀. 배운 게 도둑질이라는 핑계로 넘의 돈 우습게 안 겨. 내가 잘못혔어!"

"저한테 왜 그러시는 거예요?"

"내가 얼마나 지랄같이 굴었으면 사과를 해도 오해만 커지는 겨! 부라더 아니었음 나 사람 새끼 아녀!"

자꾸만 불안해하는 청년의 얼굴을 보며 김필중은 얼른 박형식을 불렀다.

"형식아! 돈 드려라."

"예, 형님."

박형식은 007가방에서 5만 원짜리 현금 뭉텅이를 꺼내 청년에게 내밀었다.

"이, 이게 뭡니까?"

"여태까정 나한테 갚은 이자여."

청년이 떨리는 눈으로 김필중과 박형식을 번갈아 바라보았다.

"미안혀! 솔직히 내 돈 빌려 놓고, 두 발 뻗고 자게 만들면 안 된다고 생각혔어. 그러고 보면 나도 개새끼지, 사람 새끼 아닌 겨!"

"근데 이게 무슨……."

"그간 갚은 돈에 정신적 뭐지?"

"정신적 피해 보상입니다, 형님."

"그려. 그거까정 합친 금액이여. 찢어진 마음이 돈으로 봉합되는 건 아닌디, 그래도 좀 받고, 날 용서해 줬으면 좋겠어. 증말 억울허면 그냥 내 싸대기라도 후려쳐. 여기, 여기!"

아무리 설명을 해 줘도 청년이 지금의 상황을 쉽게 알아들을 리 없는 거다.

"우리 부라더가 사람의 도리가 뭔지 가르쳐 준 겨! 그쪽도 나는 원망하되, 부라더한테는 감사하며 살면 되는 거여."

여전히 알쏭달쏭한 설명과 함께 김필중은 푹 고개를 숙였다.

♪

강철은 택시를 타고 공장으로 이동했다.

프로모션 때문에 바쁘다 보니 아리엘 아버님을 찾아뵙지 못한 탓이었다.

택시에서 내린 강철은 공장을 바라봤다.

규모가 엄청나구나.

안으로 들어서자 작업복을 입은 남자가 강철에게 다가왔다.

"무슨 일로 찾아오셨나요?"

"사장님을 뵈려고요."

쥐색 점퍼에 베이지색 카고 바지와 검은색 워커.

공장을 가동한 지 얼마 되지 않았을 텐데, 작업복이 꽤나 낡아 있었다.

30대 초반쯤 됐을까.

급하게 출근했는지 면도도 제대로 못한 직원이 선한 얼굴로 물어 왔다.

"연락을 따로 주셨습니까?"

"아뇨, 불편해하실 거 같아서 그냥 찾아뵌 겁니다. 금방 돌아갈 거라서요."

"일단 사장님께 연락드리겠습니다. 잠시만요."

직원은 점퍼에서 휴대폰을 꺼내 전화를 걸었다. 통화가 연결되고, 잠깐의 대화를 한 다음이었다.

"어떻게 전해 드리면 될까요?"

"강철이라고 말씀드리면 아실 겁니다."

"강철 씨라는데요?"

무슨 말을 들은 걸까? 직원의 얼굴이 순식간에 바뀌어 버렸다.

"사장님께서 직접 나오신답니다."

"그러실 거 뭐 있어요? 제가 직접 갈게요. 어디 계신데요?"

"예?"

직원의 목울대가 거칠게 움직였다. 난감해하는 표정이었다.

투자 좀 했다고 어려워하는 건가?

"제가 직접 찾아뵐게요."

"아, 예."

직원이 앞장섰고, 강철이 그 뒤를 따랐다.

세 갈래로 나뉘는 길 중 가운데를 향했을 때였다.

공장 건물 출입구가 열렸고, 작업복 차림의 송욱환이 이리로 달려왔다.

뭐가 그리 반가운지 말 그대로 헐레벌떡이었다.

강철도 환히 웃으며 허리를 꺾어 인사를 한 직후였다.

"전화라도 주셨으면 준비를 좀 했을 텐데. 귀한 손님을 이 모습으로 뵙고, 참 죄송합니다."

반말과 존댓말을 오락가락하던 송욱환은 간만에 봐서 그런지 다시 존댓말을 했다.

강철의 입장에서는 반말을 해 주는 게 편하지만, 뭐 어쩌겠나.

"일하시는데 말씀도 없이 불쑥 찾아뵈서 죄송합니다."

"그런 말씀 마세요. 강철 씨가 투자해 주신 덕분에 직원들도 돌아오고, 중국 진출도 바라보면서 다들 힘내고 있습니다."

송욱환의 말이 떨어지기 무섭게 옆에 있던 직원이 꾸벅 고개를 숙였다.

"사장님께 말씀 많이 들었습니다. 어려운 결정해 주셔서 감사합니다. 덕분에 저희 직원들에게도 꿈이 생겼습니다."

이런 말 들으러 온 건 아니었다. 그런데 사람이란 게 그런 말을 들으니 기분이 좋긴 했다.

"저는 투자를 했을 뿐인데요, 뭐. 오히려 직원분들이 열심히 해 주시니 제가 감사드리지요."

별 대단한 말도 아니었다. 그런데도 직원의 얼굴에 환한 기쁨이 떠올랐다.

"일단 들어가시죠. 공장 가동하는 모습을 보여 드리겠습니다."

송욱환의 말에 강철은 설레설레 고개를 저었다.

소개한다, 뭐 한다 하면서 괜히 열심히 일하는 분들에게 방해만 될 거란 생각 때문이었다.

"커피 한 잔만 먹고 가겠습니다."

"예?"

"금방 출발해야 돼서, 연락도 못 드리고 온 겁니다."

송욱환의 얼굴에 아쉬움이 떠올랐지만, 그는 이내 그런 표정을 지웠다. 바쁜 사람을 괜히 오래 붙들어 두어선 안 된다는 생각에서였다.

"커피는 어떤 거 드십니까?"

"그냥 있는 거 주시면 됩니다."

강철과 송욱환은 사장실로 걸음을 옮겼다.

송욱환이 생활하는 사장실은 공장에서 100미터쯤 떨어진 공간에 있었다.

빨간 벽돌로 만든 작은 공간이었는데, 말이 사장실이지

별로 볼품은 없어 보였다.

소파와 소파 테이블, 그리고 책상과 의자, 정수기 등이 고작이니 말 다 한 거다.

강철의 표정을 읽었을까?

"원래 사장실이 따로 있었습니다. 그런데 저 혼자 쓰는 공간이 너무 커서 그건 직원들의 휴게실로 바꾸고, 이곳에 들어오게 됐습니다."

송욱환의 설명이 뒤따랐다.

하여간 참 좋은 사람이다, 정말.

강철이 투자한 돈으로 이렇게 선한 사람들에게 기회가 돌아갈 수 있다면, 또 그렇게 투자한 것이 수익으로 돌아온다면 얼마나 기쁜 일일까.

이런저런 생각을 하고 있을 때, 송욱환이 봉지 커피를 가져다주었다.

강철이 먹는 거보다 약간 물이 더 많이 들어갔지만, 뭐.

"우리 지윤이는 잘했습니까?"

뜬금없는 질문에 강철은 송욱환을 바라봤다.

"프로모션에 도움이 좀 됐나 싶어서요."

"그럼요."

"지혜랑 열심히 응원했습니다."

"감사합니다."

의도치 않게 대답이 자꾸만 단답형으로 나왔다. 그래서

대화가 툭툭 끊기고 말았다.

마음은 그렇지 않았는데 말이다.

하지만 신기하게도 별다른 대화가 없어도 크게 어색하거나 불편하지 않았다.

그렇게 두 사람은 얼마간 커피만 마셨다.

"먼저 일어나 보겠습니다."

송욱환의 나이쯤 되면 저절로 알게 되는 것들이 있다.

정말 별 의도 없이 그냥 온 거구나.

'오랫동안 못 봤으니까?'

그 마음이 예쁘고 고마워서 송욱환은 환하게 웃어 주었다.

강철과 송욱환은 공장 입구까지 나란히 걸었다. 아까 봤던 직원이 여전한 작업복 차림으로 뒤따랐다.

"다음에 또 찾아뵙겠습니다."

강철은 인사말과 함께 꾸벅 고개를 숙였다.

송욱환과 직원이 함께 인사했고, 강철은 길가에 서 있던 택시에 올라탔다.

강철은 사이드 미러를 가만히 바라봤는데, 자동차가 시야에서 사라질 동안 두 사람 모두 자리를 떠나지 않았다.

도로에 접어든 택시는 비로소 속도를 내기 시작했다.

"후우."

나직하게 숨을 내쉰 강철은 일단 전화기를 들었다.

수신자는 하오였다.

통화 연결음이 얼마 울리지 않았을 때, 통역사 장린이 전화를 받았다.

"하오, 부탁 하나만 하자."

(무슨 일이야? 동생이 부탁을 다 하고?)

"우리 공장에 작업복을 한 사람당 2세트씩, 아니다. 4세트씩 새로 맞춰 줄 수 있어?"

(무슨 소리야?)

"지금 공장에 다녀오는 길인데, 직원분들 작업복이 많이 낡았더라고."

(미안, 미안! 내가 그거까지는 신경을 못 썼다. 명당 10벌씩 쏜다, 내가!)

저 인간, 또 저런다.

"그렇게까지는 필요 없고, 4세트씩만. 돈은 내가 낼게."

(우리 사이에 돈을 누가 내는 게 뭐 중요해?)

"됐고, 이번엔 중요해."

강철이 단호하게 말하자, 하오도 더는 아무 말을 하지 못했다.

(그럼 4세트씩 보내면 되는 거지?)

"그래."

통화는 그렇게 끝났다.

별로 대단한 걸 한 게 아닌데도 괜히 기분이 좋았다.

크르르르!

머리 셋 달린 키메라, 네메시스가 어둠 속에서 낮은 소리로 울음을 토해 냈다.

놈의 몸이 가늘게 떨렸다.

그 떨림은 고스란히 머리로 전달되었다.

세 갈래의 머리가 동시에 마른침을 삼킨 직후였다.

쏴아아아악!

놈의 앞으로 허공에 커다란 빗금이 그어졌다. 그러고는 그 안에서 커다란 빛줄기가 쏟아져 나왔다.

네메시스는 즉시 머리를 조아렸다. 마치 드래곤을 만난 고블린의 모습이었다.

"리안 님을 뵙습니다."

네메시스의 반응과 달리 빛은 아무런 답도 주지 않았다.

그럴수록 네메시스는 몸을 부들부들 떨었다.

더욱 깊은 어둠 속으로 몸을 숨기고 싶은 마음이 굴뚝같았지만, 틈에서 쏟아져 나오는 빛이 너무도 압도적이었다.

작은 신음조차 뱉지 못한 네메시스가 조용히 고개를 든 순간이었다.

파바밧!

눈앞에 가득했던 빛이 일순간 사라져 버렸다.

네메시스는 이게 무슨 일인가 조심스레 주위를 두리번거렸다. 그러나 아무런 답도 돌아오지 않았다.

마왕성 한복판에서 스미든은 일장 연설을 늘어놓는 중이었다. 어떻게 23강 무기를 띄울 수 있었는지에 대한 이야기였다.

케인과 베인, 알다라, 폭룡까지.

누구 하나 열심히 듣는 이가 없는데도 스미든은 목청을 드높였다.

"그러니까, 내가 모루 앞에서 긴장된 얼굴을 하고 있을 그때였어."

쿠구구구궁!

"그래, 이런 효과음 좋아. 누가 낸 거야?"

스미든의 물음에 모두가 번쩍 고개를 들고는 마왕성 천장을 바라봤다.

"뭐지?"

"으응? 지진이라도 일어난 거야?"

케인과 알다라가 연이어 의문을 던진 직후였다.

쿠구구궁! 쿠구구궁!

알 수 없는 소리가 또다시 들려왔다.

스미든이 말을 멈추고 귀를 쫑긋할 정도였으니, 마왕성 전반에 깔린 긴장감은 대단했다.

하지만 소리만 들린다 뿐, 그 이상의 변화는 없었다.

그래도 혹시 모른다는 생각에 마왕군 NPC들은 긴장을 거두지 않은 얼굴로 천장을 노려보았다.

번쩍!

아공간에 있던 스피츠가 고개를 치켜들었다. 나란히 섰던 레비아탄도 마찬가지였다.

《뭐지, 이 느낌은?》

《불길한 예감이 드는군.》

스피츠의 물음에 레비아탄이 눈을 흘겼다.

이 세계에 알 수 없는 변화가 일어났을 때 꼭 이런 기분이 들었다.

지금도 그렇다는 건?

《분명 마왕이 리안의 퀘스트를 수행하며 틈을 틀어막았을 텐데……》

스피츠가 혼잣말을 중얼거리는 동안,

촤아아아아아악!

레비아탄이 높다랗게 날아올라서는 아공간을 커다랗게 둘러보았다.

《뭔가 있긴 한 거 같은데, 그게 뭔지 좀처럼 감이 안 잡히는군.》

두 드래곤의 의심 어린 눈길이 허공에서 복잡하게 엉켜

우리도 곧 도움을 받아야 할 거 같군

있었다.

↱

비상이다.
데이터를 확인하던 송재균은 즉시 개발실로 달려갔다.
간만에 여유를 좀 즐기는가 했건만!
콰앙!
문을 거칠게 열고 들어서자 놀란 얼굴의 김백준이 달려왔다.
"해킹 시도가 있었습니다. 그러나 방화벽이 외부의 공격을 틀어막은 상황입니다."
"가로쉬인가요?"
"일단 미국 쪽인 걸로 추정하고 있습니다."
미국이라니.
가로쉬가 미국의 해커들을 고용해 공격을 해 왔을 가능성도 있어서, 적이 누구라고 단정 짓긴 어려운 상황이었다.
송재균은 일단 개발실 PC를 확인했다.
게임 서버를 마비시키려는 공격이 있었던 건 분명했다.
그 결과 게임 곳곳에 이상 징후가 발생했고, 네메시스나 스미든, 스피츠 등의 NPC들이 그것을 감지해 냈다.
김백준의 보고대로 방화벽에 막혀 더는 문제가 발생하지

않았지만 말이다.

"후우."

송재균은 나직하게 숨을 내뱉었다.

더는 이런 공격 따위가 발생하지 않길 바랐는데.

너무 큰 욕심이었나?

그나마 다행인 건 철저한 준비 덕택에 큰 문제는 발생하지 않았다는 거였다.

"우리가 대비하고 있다는 사실을 해커들도 확인했을 겁니다."

송재균은 주변의 개발자들을 돌아보며 말을 이었다.

"그러니 추가적인 공격 때는 더욱 집요한 방법을 동원할 게 확실합니다. 결코 긴장을 늦춰서는 안 됩니다. 전원 비상사태임을 인지하고 준비해 주시기 바랍니다."

말을 마친 송재균은 자리에 앉아 방화벽부터 체크했다.

방화벽은 완벽했다.

안다.

알지만, 개발팀의 리더로서 모범을 보여야 한다는 생각에서 그는 보안 상태를 확인해 보았다.

⁂

의자에 등을 기대고 앉은 포비든의 앞으로 수석 개발자

겸 비서 역할을 하는 레넌이 서 있었다.

포비든이 내린 해킹 명령에 대한 결과를 보고하기 위함이었다.

"어떻게 됐죠?"

"실패했습니다."

"이유는요?"

"최고의 방화벽이 가동되고 있었습니다."

"그걸 핑계라고 대는 겁니까?"

"죄송합니다."

"최고의 해커들을 동원하라고 말했을 텐데요."

레넌은 면목이 없다는 듯 고개를 떨어트렸고, 그 모습을 확인한 포비든의 얼굴이 일그러졌다.

"나는 그런 말을 들으려고 명령을 내린 게 아닙니다."

"……."

"내가 말한 건 뭐든 이뤄져야 합니다. 아시잖아요? 내 성격이 얼마나 지랄 같은지?"

포비든이 쏘아보는 눈빛을 느낀 걸까. 고개를 숙였던 레넌이 어렵게 입을 열었다.

"방법이 아예 없는 건 아닙니다."

"그럼 그걸 했어야죠! 꼭 욕을 얻어먹어야 숨겨진 방법이 튀어나와요? 지금 사람 열 받게 하려고 작정한 겁니까?"

"그런 건 아닙니다. 워낙 위험한 방법이다 보니 아버님의 동의가 있어야만 가능한 일입니다."

"브룩의 동의가요?"

순간 포비든의 눈이 가늘어졌다.

"예. 방화벽을 뚫기 위해서는 디퍼의 코드가 활용돼야 합니다. 동종 코드를 공격하는 특성을 이용하여 방화벽을 뚫는 겁니다."

"그게 뭐라고 브룩의 동의까지 받아야 한다는 겁니까!"

"그 방식을 사용하면 디퍼의 초기 코드가 어둠의 나라 서버에 남아 버립니다. 그렇게 되면 우리가 가장 우려하는 상황이 발생할 수 있게 됩니다."

그러니까 초기 코드를 도용했다는 증거를 남의 서버에 남긴다는 뜻인데.

"같은 코드를 보유한 건 가로쉬 놈들도 마찬가지잖아요? 그쪽에 힘을 빌려서 방화벽을 뚫을 수도 있잖아요?"

"가로쉬는 이미 몇 차례 어둠의 나라에 공격을 해 왔기 때문에, 넥씨도 그 정도는 대비를 마친 상황입니다."

"그럼 결국 우리 초기 코드를 남기지 않고는 공격할 방법이 없다는 말이에요?"

"그렇습니다."

콰- 앙!

포비든이 책상을 내리쳤다.

세계 최고의 해커라는 것들이 이 정도도 못해 낸단 말인가.

"어쨌거나 브룩의 동의가 필요하다, 이 말이잖아요?"
"예."

회사의 위험을 감수하면서까지 브룩이 그런 걸 동의할 리 없는 거다.

염병할.

"방법이 없어요?"

"꼭 공격을 하셔야 하는 거지요?"

"그걸 말이라고 합니까!"

포비든의 얼굴이 다시금 일그러졌다. 마왕의 사이드가 목을 그어 버리는 장면이 떠오른 까닭이었다.

개 같은 새끼! 반드시 복수하고 말겠다.

포비든이 어금니가 부서져라 문 다음이었다.

"디퍼의 초기 코드를 활용하여 침투하게 되면 적의 서버에 무조건 흔적이 남게 됩니다. 그건 피할 수가 없습니다. 다만……."

레넌이 말을 흐리자 포비든은 며칠은 굶은 늑대처럼 그를 바라보았다.

"뭐죠?"

"그렇게 해서라도 넘어간다면 게임을 송두리째 박살 내셔야 합니다. 다시는 회생이 불가능하도록, 그 안에 있는 모든 데이터를 부숴 버리는 겁니다."

"그러니까, 흔적까지 찢어 버리고 오라 이거지요?"

"그렇습니다. 그 방법밖에 없습니다."

"그런 좋은 방법이 있었으면 진작 말을 했어야지. 괜히 소리만 질러서 나만 나쁜 사람이 됐잖습니까?"

포비든은 몹시 만족스럽다는 얼굴로 자리에서 일어섰다.

브룩과 마주한 포비든은 당당히 제 생각을 말했다.

위험 요소는 있었지만, 그걸 극복할 자신이 있다는 말도 덧붙였다.

"내가 그걸 왜 허락해 줘야 하지?"

그러나 브룩의 표정은 결코 좋지 못했다.

"못난 아들을 뒀다는 이유로 회사의 미래가 걸린 도박을 해야 되는 건가?"

포비든은 아무런 답도 할 수 없었다.

"네놈이 프로모션에서 승리했다면 이런 방법을 동원하지 않아도 되는 거였잖아? 오히려 난 이따위 제안을 받았다는 사실 자체가 너무나 놀라운데?"

브룩의 눈빛에는 경멸의 의미가 담겨 있었다.

"디퍼와 너를 두고 선택하라면 난 뒤도 돌아볼 거 없이 이 회사를 선택할 거야."

"그건 저도 마찬가지입니다."

브룩과 디퍼를 두고 선택하라면 포비든 또한 단연코 회사를 택할 거였다.

포비든이 끝내 그 말을 뱉은 건 반항, 그 이상도 이하도 아니었다.

"그래, 그런 고집도 없었더라면 진작 널 버렸을 테지."

"칭찬으로 듣겠습니다."

포비든은 일그러진 얼굴로 돌아서고 말았다.

넥씨 본사로 돌아온 강철이 자신의 방을 향해 걸음을 옮길 때였다.

지이잉! 지이잉!

바지춤에서 느껴지는 진동에 강철은 전화를 받았다.

발신자는 송재균이었다.

(강철 씨, 어디신가요?)

그의 목소리엔 어딘가 다급함이 느껴졌다.

강철은 일단 전화기를 고쳐 잡았다.

"잠깐 외출했다가 본사로 돌아왔는데요. 무슨 문제라도 생겼나요?"

(그럼 지금 접속 가능하십니까?)

"예."

(자세한 설명은 접속 후에 말씀드리겠습니다.)

무슨 일인지 알 길이 없는 강철은 일단 방으로 들어가 캡슐에 몸을 누였다.

강철이 접속한 곳은 스피츠의 아공간이었다.

《왔는가?》

가장 먼저 스피츠가 반겨 주었는데, 강철은 그쪽을 향해 손을 들어 보였다.

대화는 천천히 하자는 뜻이었다.

확실히 무슨 일이 있긴 한가 보다. 스피츠가 고개를 끄덕이며 바로 납득하는 걸 보면 말이다.

띠링!

「강철 씨, 넥씨를 향한 공격이 있었습니다.」

접속하자마자 송재균이 귓말을 보내왔다.

「해킹 시도였습니다. 다행히 막아 내긴 했습니다만, 이대로 끝나진 않을 거라는 게 제 예상입니다.」

「무슨 손상이라도 생겼나요?」

「큰 문제 없이 방어해 내긴 했습니다. 그래도 추후에 반드시 더 강한 시도가 있을 걸 대비해야 합니다.」

그러니까 치료 목적이 아니라 예방이라는 소리다.

「제가 뭘 하면 되죠?」

「리안의 퀘스트를 수행해 주셨으면 좋겠습니다.」

간만에 쉬려니까 몸이 근질근질하던 참이다.

미처 완료하지 못한 연계 퀘스트를 수행하면 된다는 뜻인데, 그 정도야 강철로서도 바라던 바였다.

「지금 하면 될까요?」

「부탁드리겠습니다.」

강철은 퀘스트창을 열어 리안이 준 퀘스트를 확인했다.

역시나 3단계 퀘스트 중 1단계만 완료했다는 표시가 떠올라 있었다.

'리안과 대화를 하려면 퀘스트창을 열라고 했었지?'

강철은 하단에 보이는 '호출'이라는 표식을 눌러 보았다.

띠링!

[리안을 호출하였습니다.]

처음 보는 메시지가 떠올랐고, 강철은 가만히 그 결과를 기다렸다.

그러나 1분 정도 시간이 흘렀는데도 별다른 응답이 돌아오지 않았다.

뭐지?

그 순간이었다.

「응답하지 않는군요. 물론 리안이 강철 씨의 부름에 반드시 반응해야 할 의무는 없습니다만······.」

그 뒤로도 송재균의 말이 이어졌다.

「아무래도 무슨 문제가 생긴 거 같습니다. 제가 좀 더 상황을 정리한 뒤에 강철 씨에게 부탁을 드렸어야 했는데, 죄송합니다. 상황이 워낙 급박하게 돌아간다고 판단하다 보니, 필요 이상으로 서두른 거 같습니다.」

그래 봐야 강철이 한 일이라곤 접속해서 호출 버튼 누른

게 다다.

송재균은 자기 일을 열심히 한 거뿐이라, 강철에게 미안해할 필요는 전혀 없었다.

「응답이 없는 것만 봐도 무슨 문제가 생겼다는 건 확실해진 거잖아요. 그걸 알아낸 것만 해도 소득이죠, 뭐.」

「오늘 하루 동안 정확히 사태 파악을 해 보겠습니다. 내일 다시 퀘스트를 시도해 보는 걸로 했으면 좋겠는데요. 시간 괜찮으십니까?」

삶의 터전을 지키는 일이다.

「당연히 괜찮아요.」

「감사합니다. 그럼 그렇게 알고 있겠습니다.」

두 사람의 대화는 그렇게 끝났다.

이왕 접속한 참이니까.

강철은 스피츠와 레비아탄 쪽을 돌아보았다. 거의 모든 걸 쏟아부어 가며 훈련을 도와준 두 드래곤이다.

촤아아아악!

강철이 두 드래곤을 향해 몸을 던졌다.

《고생했네, 마왕.》

《훈련보다 훨씬 강해져서 놀랐지, 뭐야. 마왕에게 놀라는 게 하루 이틀도 아닌데, 새삼스레 또 입을 쩍 벌리고 말았군.》

스피츠와 레비아탄이 각자의 성격대로 프로모션 결과에 대한 감상을 내놓았다.

"훈련을 너무 대단하게 해서 그런가, 생각보단 싱겁던데?"

강철이 너스레를 떨었고, 두 드래곤은 하나의 표정을 공유한 것처럼 밝은 미소를 지어 보였다.

하지만 그런 얼굴도 잠시,

《우리도 곧 도움을 받아야 할 거 같군.》

스피츠가 다소 무거운 얼굴로 입을 열었다.

《이 세계에 변화의 징조가 보이기 시작했어. 그걸 바로 세울 수 있는 건 역시나 마왕뿐일세.》

"왜 나뿐이라는 거야?"

강철의 물음에 스피츠는 입꼬리를 들어 올렸다.

《지금까지의 자네가 이 세계에서 지내 온 시간을 돌아보게. 모든 일이 마왕을 중심으로 벌어졌어. 마치 이 세계가 자네의 등장을 기다리기라도 한 것처럼 말이야.》

무슨 대단한 근거를 가진 말로 들리진 않았다.

하지만 스피츠의 생각이 그렇다는데 굳이 거기에 태클을 걸 마음은 없었다.

《리안이라는 NPC도 자네를 콕 집어 퀘스트를 준 거만 봐도 알 수 있지 않겠나.》

"안 그래도 리안의 퀘스트를 수행하려고 했는데, 별 소득이 없었어. 아마 내일 다시 시도해 볼 거 같은데?"

《쉽지 않을 걸세.》

"응?"

《리안은 이 세계에 존재하는 NPC가 아니라네. 그러니 이곳에 변화가 생긴다면 온전히 개입하고 반응하기가 쉽지 않을 거란 뜻이야.》

스피츠가 몹시 진지한 얼굴로 던진 말이었다.

혹시 리안이 답을 주지 않은 것도 그 때문인가?

《그게 아니라면 리안에게 어떤 문제가 생겨났을 수도 있을 테지. 정확한 건 알 수 없네만, 이 세계에 거대한 변화가 닥칠 거라는 건 확실하네.》

스피츠가 답을 한 직후였다.

쿠우우우우웅!

허공에서 알 수 없는 소리가 들려왔다. 스피츠와 레비아탄이 눈을 부릅뜨고는 즉시 고개를 들었다.

《마왕, 그때도 이랬네. 똑같아.》

쿠구구구구구!

소리와 함께 땅이 뒤흔들렸다.

이건 뭐지?

강철은 바로 퀘스트창을 열어 '호출' 버튼을 눌렀다.

그리고 잠시 뒤였다.

띠링!

호출 버튼을 누른 직후라, 리안이 답을 보내왔을 줄 알았다. 그러나 떠오른 메시지는 송재균이 보내온 것이었다.

「해킹 공격이 추가로 이어지고 있습니다. 강철 씨, 혹시 있을지 모를 전투에 대비해 주시기 바랍니다.」
 송재균의 다급한 말에,
 스으응!
 강철은 그 즉시 사이드를 뽑아 들었다.

제10장

저는 그런 거에 관심이 없어요

렙업하는 마왕님

해킹 시도다.

강철은 내뺃은 사이드를 말아 쥐었다.

단순히 해킹에서 그친다면 강철이 해야 할 몫은 없다.

그러나 전처럼 해킹을 통해 가로쉬의 뭔가가 넘어오기라도 한다면 강철이 나서야 할 상황이 발생할지도 몰랐다.

쿠구구구구궁!

역시나 긴장을 늦추지 말라는 듯 허공에서 알 수 없는 소리가 뿜어져 나왔다.

태양이 지며 붉게 변한 하늘이 더욱 진한 핏빛으로 물들었다.

바닥을 뒤덮은 모래들이 가늘게 떨리는 동안, 스피츠와

레비아탄은 독 오른 눈으로 일대를 돌아보았다.

꽤 오랜 시간이 흐른 뒤였다.

《일단락된 거 같군.》

스피츠가 던진 말이었다.

과연 이빨을 악물었던 레비아탄 또한 그 표정을 거두었는데, 강철로서는 이 세계의 미묘한 변화를 알 길이 없었다.

띠링!

그 순간 송재균에게 메시지가 날아왔다.

「강철 씨, 해킹 시도가 있었고 이번에도 방화벽에 막혔습니다.」

「해결이 된 건가요?」

「일단은 안정화가 됐습니다. 동일한 방법이라면 막아 낼 수는 있을 거 같습니다.」

「같은 방식이 아니면요?」

「그건 그 상황이 돼 봐야 알 수 있습니다. 다만 개발자들로서는 최선을 다할 뿐입니다.」

뭔가 비장함이 느껴지는 답이었다.

「이번에도 미국 쪽인가요?」

「그렇습니다.」

미국이라면 짚이는 게 있는 강철이다. 물론 그게 맞는지 확인하려면 약간의 절차가 필요하겠지만 말이다.

「잠깐 로그아웃을 해도 될까요?」

「예, 그렇게 하시지요.」
「무슨 일이 있으면 휴대폰으로 연락 주세요.」
강철은 그렇게 로그아웃 버튼을 눌렀다.

⁂

 브룩과의 면담을 마친 뒤, 포비든은 자신의 집무실로 돌아왔다.
 "이런 개 같은!"
 그는 의자에 앉자마자 욕지기부터 뱉어 냈다.
 콰-앙!
 두 주먹으로 책상을 내리치자 모니터며 키보드 등이 들썩였다.
 염병할!
 이럴 때면 꼭 마왕의 얼굴이 떠올랐다.
 길게 빼 든 사이드 끝으로 번쩍이던 그 빛!
 그게 목을 그으러 다가올 때의 그 끔찍함이라니……
 "그 새끼를 꼭 찢어 죽여야 한다고!"
 콰-앙!
 포비든은 다시금 책상을 내리쳤다.
 여태껏 그가 원한 걸 이루지 못한 적은 단 한 번도 없었다.
 그런데 지금 한 번의 실패로도 모자라, 브룩에게서 지원을 받을 수 없단 말까지 듣게 된 거다.

쾅- 앙! 쾅- 앙! 쾅- 앙!

포비든이 성질에 못 이겨 책상을 계속 내려친 다음이었다.

똑똑똑!

"누구야!"

"레넌입니다."

일그러진 얼굴의 포비든은 이내 표정을 지웠다.

지금 같은 상황에서 절망만 하고 있어 봐야 답은 없다.

차라리 실무자인 레넌을 붙들어 방법을 마련해 내는 게 옳은 일이었다.

의자에서 몸을 일으킨 포비든은 직접 문을 열어 주었다.

"들어오시죠."

조금 전까지 책상을 부술 듯 두드리던 사람은 온데간데없이 사라졌다. 그러고는 평정심을 되찾은 포비든이 집무실에 마련된 소파를 가리키고 있었다.

그런 포비든의 반응과 관계없이 레넌의 얼굴은 딱딱하게 굳은 채였다.

포비든이 먼저 앉는 걸 확인한 뒤에야 레넌은 소파에 엉덩이를 붙였다.

레넌은 제일 먼저 포비든의 눈치를 살폈다.

평소와 다른 표정을 느낀 탓일까? 레넌이 어렵게 입을 열었다.

"아버님께서는 위험을 무릅쓰고 싶지 않은 눈치십니다."
"직접 확인했습니다."
"실망이 크시겠습니다."
"뭐, 기분 좋지는 않더군요. 커피라도 한잔하시겠어요?"
이 상황에서 커피라니.
"아닙니다. 괜찮습니다."
고개를 저은 레넌은 다시금 포비든의 표정을 살폈다.
분명히 화를 내야 정상인데, 무슨 일인지 아무렇지 않은 얼굴을 하고 있었다.
'연기라도 하는 건가? 굳이 나한테 왜?'
특별한 이유를 찾을 수 없던 레넌은 꿀꺽! 마른침만 삼킬 뿐이었다.
"아!"
그러다 문득, 그는 꼭 해야 할 말이 떠올랐다는 듯 말을 이었다.
"해커들이 2차 공격을 시도하였습니다. 전보다는 방화벽에 무리를 주었다고 합니다만, 큰 영향은 아니었습니다."
"유쾌한 이야기는 아니군요."
"넥씨 쪽에서도 역으로 추격을 해 왔다고 합니다. 이 공격이 미국에서 시작됐다는 것까지는 확인한 거 같습니다."
그 말은 이제 그만 해킹 시도를 멈춰야 한다는 것과 다름없었다.

"나는 레넌, 당신이 누구의 편도 아니라는 걸 알고 있습니다."

바로 그때, 포비든이 예상치 못한 말을 꺼내 놓았다.

"브룩과 나 사이에 다리 역할을 해 준다는 거 압니다. 힘의 논리를 중시했다면 균형의 추가 브룩 쪽으로 기울었겠죠. 그가 이 회사의 대표니까요. 그의 말 한마디면 나에게 돌아올 재산 따위 한 푼도 없다는 걸 누구나 알 수 있구요."

도대체 무슨 말을 하기 위해 저렇게 서론이 긴 걸까.

레넌은 긴장을 늦추지 않은 채로 다음 말을 기다렸다.

"그런데도 당신은 내 말에 귀를 기울입니다. 흔한 정치 행위, 그러니까 줄을 서려는 게 아니라는 것쯤 익히 압니다. 나에겐 그럴 필요가 없으니까요. 그래서 전 당신의 태도를 높게 평가합니다."

"그렇게 말씀해 주신다면야 감사합니다. 다만 전 그렇게 훌륭한 사람이 못 됩니다."

레넌의 대꾸에 포비든은 가만히 미소를 지어 보였다.

"난 당신의 충성심에 기대고 싶습니다."

"그게 무슨 말씀이시죠?"

"마왕, 그놈이 영향력을 떨치게 둔다면 우리 디퍼는 암세포를 파악하고도 떼지 않는 꼴이나 다름없습니다. 이게 회사를 위해 잘하는 짓입니까?"

"디퍼의 모든 결정은 아버님의 몫입니다."

"마스터의 코드를 훔쳐 디퍼를 여기까지 성장시킨 게 브룩이란 거 저도 압니다. 하지만 그는 실수를 남겼어요. 마스터의 아들놈이 버젓이 살아 있지 않습니까? 일 처리를 깔끔하게 할 거였다면 그 녀석을 살려 두지 말았어야 합니다."

포비든은 눈 하나 꿈쩍하지 않으면서도 끔찍한 말을 잘도 뱉어 댔다.

"내가 프로모션에서 마왕에게 졌다고요? 그게 커다란 실패였다고 말하고 싶은 겁니까? 아닙니다. 난 아버지의 실수를 만회하기 위해 싸웠을 뿐이고, 그러다 삐끗한 겁니다. 그랬더니 이젠 한 번의 실수로 모든 책임을 나에게 전가하려는 겁니까?"

포비든의 얼굴에 처음으로 표정이랄 것이 떠올랐다. 그것은 명백한 분노였다.

"넥씨를 공격하기 위해 위험을 감수해야 한다고요? 그게 싫다는 사람이 마왕을 살려 두는 위험은 왜 감내하자는 겁니까! 그게 말이 된다고 생각하세요?"

레넌은 아무런 대꾸도 하지 못했다. 단지 포비든의 눈에 떠오른 기세등등한 분노를 조용히 지켜볼 뿐이었다.

"날 멈추려거든 마왕이 이 땅에서 맨정신으로 살아가지 못하게 만들어야 합니다. 그게 맞습니다. 어떻게 생각하세요?"

"저도 일정 부분 동의합니다. 그러나 아버님께서도 그런 선택을 할 수밖에 없는 상황이란 게 있을 겁니다."

"레넌 씨마저 저를 설득하려 드시는 겁니까? 나는 회사를 위협하는 위험 요소를 제거해야 한다는 말을 한 거뿐입니다."

포비든은 조금도 정제되지 않은 표정으로 레넌을 바라봤다.

"후우."

깊은 한숨을 내쉰 레넌은 한동안 아무 말도 하지 못했다.

그리고 그렇게 무거운 침묵이 두 사람 곁을 가로지른 다음이었다.

"정확히 무엇을 원하십니까?"

"마왕의 몰락을 바랍니다. 내 손으로 직접 했으면 좋겠다는 것이 솔직한 심정입니다."

"어둠의 나라를 박살 내겠다는 말씀이신가요?"

"그렇습니다."

"제가 아버님을 움직여 드리길 바라시는 거고요?"

"이제야 이야기가 통하는군요."

포비든이 눈을 빛내자, 레넌은 그 표정을 담담히 받아들였다.

"방법이 아예 없는 건 아닙니다."

"뭐죠?"

"가로쉬의 코드가 흘러들어 온 탓에, 디퍼 내부 서버에도 오류가 생겼습니다. 그러고는 그게 아직도 해결되지 않고 있구요. 가로쉬에 문의를 해 본 결과, 게임 속의 상자를 열어야 한다는 괴상한 답변을 내놓더군요. 문제는 그 상자를 열기 위해 어둠의 나라가 협력을 해야 한다는 말을 덧붙였습니다."

"좀 쉽게 설명해 보세요."

"마왕을 파멸시키기 위해 대단한 위험을 감수하긴 어렵습니다. 그러나 디퍼에 발생할지 모를 심각한 오류를 잡기 위해서라면 아버님도 동의하실지 모릅니다."

레넌의 말에 포비든은 몹시 만족스러운 얼굴이었다.

그러나 포비든은 거기서 그치지 않고 한 가지 의견을 덧붙였다.

"그럼 레넌이 당장 디퍼의 심각한 오류를 불러일으켜 주세요. 그래야 브룩이 빨리 결정을 할 테니까요."

"예?"

"왜 놀라십니까? 그런 의견을 내놓고서, 그 정도 역할도 도맡지 않으려 드신 건가요?"

황당한 발언이었다.

그런데도 포비든이라면 그런 말쯤 할 수 있다는 것처럼 레넌은 애써 표정을 지우고 있었다.

레넌이 집무실을 빠져나간 뒤, 포비든은 휴대폰을 꺼내 전화부터 걸었다.

수신자는 가로쉬의 류샹이었다.

"공격을 준비해 둬."

(예?)

"곧 어둠의 나라로 넘어갈 테니까, 완벽하게 준비해 두라고."

(겨, 결정이 된 겁니까?)

"똑같은 말 반복하게 하지 말고, 명령이 떨어지면 '네.' 하고 대답만 해!"

(예!)

이제야 만족스럽다는 듯 포비든이 고개를 끄덕였다.

"내가 알파런을 조종하는 형태가 맞겠지?"

(예, 그렇게 할 겁니다.)

"당연히 100퍼센트의 알파런일 테고?"

(100퍼센트라면 약간의 시간이 필요합니다.)

"시간? 이 말을 꺼낸 지가 언젠데, 아직 움직이지도 않았단 말을 그따위로 뻔뻔하게 해 대는 거야!"

포비든은 마치 류샹을 제 부하 직원 대하듯 했다.

류샹이 어떤 마음을 품던 그딴 건 아무 상관 없다는 게 포비든의 태도였다.

"당장 오늘부터 알파런을 조종할 수 있도록 해 두고, 늦어도 3일 안에는 어둠의 나라에 넘어갈 수 있게 100퍼센트로 세팅해 놔."

(옙!)

류샹의 우렁찬 답을 들은 뒤에야 포비든은 안심한 듯 통화를 마쳤다.

☙

푸슉!

캡슐을 빠져나온 강철은 바로 하오에게 전화부터 걸었다. 장린이 받았고, 바로 통역을 해 주었다.

"어디야?"

(잠깐 밖에 나왔어. 목소리가 급해 보이는데?)

"어둠의 나라에 해킹 시도가 있었어. 그것도 두 번씩이나."

(염병! 어떤 새끼들이야?)

"그걸 정확히 알 수가 없어. 위치를 추적해 보니 미국 쪽이라고 나왔다고 해서."

(미국이면 디퍼인가? 아니면 가로쉬가 우회해서 공격해 왔을 수도 있고. 확실한 건 조사를 해 봐야 알 거 같은데?)

보이지 않을 텐데도 강철은 커다랗게 고개를 끄떡였다.

"내 말이 그 말이야. 넥씨 측에서 자료를 받아다가 알리베이가 분석을 해 줬으면 좋겠는데? 알리베이에 해킹 시도가 있었을 때 디퍼가 공격한 걸 정확히 잡아냈잖아."

(우리에게 데이터만 넘겨준다면 그런 거 알아내는 것쯤

은 일도 아니지.)

그렇게 통화가 끝난 직후였다.

지이잉! 지이잉!

기다렸다는 듯 휴대폰이 울렸다.

해킹 시도가 있으면 송재균이 따로 연락을 준다고 했었는데.

하지만 액정에 떠오른 이름은 김택수 의장이었다.

"강철입니다."

(이렇게 통화하는 건 오래간만인 거 같네요. 김택수입니다. 혹시 통화 가능하십니까?)

의장쯤 되는 양반이 허튼 일로 전화를 하진 않았을 테니까.

"말씀하세요."

(오성그룹과의 CF 모델 독점 계약 건으로 강철 씨와 상의할 게 있어서요.)

"아, 예."

(괜찮으시면 직접 만나 뵙고 대화를 하는 게 맞는 거 같은데, 어디십니까?)

"본사입니다."

(그럼 제가 가겠습니다.)

보통 이 정도 되면 강철이 직접 가겠다고 해야 정상이다.

"제 방에 있을 테니, 편할 때 오세요."

그런데 굳이 오겠다는 사람을 말릴 마음은 없어서 강철

은 사양하지 않았다.

(바로 찾아뵙겠습니다.)

그러자 김택수 또한 아무렇지 않게 반응했다.

통화는 그렇게 끝났다.

예의가 아닌가?

뒤늦게 그런 생각도 들었지만, 지금 해킹 문제로 송재균이 골머리를 썩는 상황이다.

문제가 생겨도 바로 접속할 수 있도록 방에서 대화하는 게 강철이 갖출 수 있는 최대한의 예의였다.

이번 해킹 건에 대해 김택수도 보고를 받았을 텐데도 CF 모델에 대한 이야기를 하자고 찾아오는 거라면?

"얼마나 대단한 계약이기에 저러는 거지?"

강철은 조용히 혼잣말을 중얼거렸다.

꿍

똑똑똑!

노크 소리가 들리고, 곧 김택수가 안으로 들어왔다.

누가 찾아오면 앉을 자리가 없어서 멀끔한 의자 몇 개는 가져다 둔 참이었다.

패브릭 소재 의자에 앉아 두 사람은 서로를 마주 보았다.

"강철 씨, 해킹 문제 때문에 캡슐 옆에 계시는 겁니까? 언제 호출이 와도 바로 들어갈 수 있도록요?"

"그런 셈이죠."

역시나 김택수는 해킹 시도에 대해 알고 있었다.

그런데도 그는 한가롭게 광고 건에 대해 말하고자 강철을 찾아온 거다.

강철의 눈빛을 읽었을까?

"누군가 넥씨를 공격해 온다는 사실은 인지하고 있습니다. 다만 이럴 때일수록 똑같이 업무 수행을 하려고 노력하지요. 그게 적들을 가장 화나게 하는 일이 될 테니까요."

김택수가 의연한 얼굴로 답을 내놓았다.

그러니까 적이 공격을 해도 똑같은 호흡으로 일 처리를 해 나가겠단 소리다.

하긴 공격 하나하나에 휘둘리는 거보다야 그편이 나을 수는 있겠다.

"CF 제안이 있었습니다. 오성그룹에서 전자 부문 독점 모델 계약을 해 달라는 제안입니다."

오성이면 국내 최고의 기업이다.

광고 모델을 해 달라면 좋은 거지, 강철은 뭐 그런 걸 상의하냐는 듯 김택수를 바라보았다.

"간단한 문제만은 아닙니다. 말 그대로 독점 계약이라, 이 제안을 받아들이면 계약 기간만큼은 다른 업체의 광고를 찍을 수 없게 됩니다."

"그 말은 결국 마왕의 가치를 인정한다는 거잖아요?"

"맞습니다. 마왕의 광고 가치를 혼자 쥐겠다는 뜻이니까요."

프로는 돈으로 말한다. 얼마나 가치를 인정받았는지는 순전히 몸값으로 드러나는 거다.

"광고료는 얼마나 보장해 주죠? 독점이라면 다른 광고를 찍었을 때 버는 금액을 산정해서 보상해 줘야 되잖아요?"

"1년에 150억 원의 조건을 제안했습니다."

"흐음."

놀랍다. 150억을 듣고 '흐음' 낮은 숨을 쉬는 반응이 고작이라니!

'너 정말 많이 컸구나!'

액수 듣고 까무러치면 얼마나 쪽팔리겠나.

평소라면 아랫입술 깨물고 허벅지 꼬집어 가며 참았을 텐데, 오늘은 나직한 한숨만 터져 나왔다.

충분히 놀라고, 또 놀랐는데도 말이다.

"150억이면 다른 모든 CF를 찍어서 벌 수 있는 돈보다 더 많은 액수인가요? 그래야 독점 계약을 하는 의미가 있는 거잖아요?"

"지금 당장은 그렇습니다만, 앞으로도 광고 제의가 계속 들어올 것이기 때문에 뭐라고 장담을 드리기는 어려운 상황입니다."

하기야 계산기 두드려서 쉽게 답 나올 거 같았으면 상의

하자고 여기까지 오지도 않았겠지.

"그런데 독점 계약이라면 알리베이의 모델도 할 수 없는 건가요?"

알리베이의 광고 모델을 하면서 하오의 돈을 뜯어먹고 싶은 마음에서 하는 말은 아니다.

단지 하오가 도움을 필요로 할 때, 손을 내밀 방법은 남겨두고 싶었을 뿐이다.

"이번 계약은 국내 한정입니다. 세계무대를 상대로 하면서 150억을 불렀다면 강철 씨에게 물어볼 것도 없이 제 선에서 거절했을 겁니다."

"그럼 국내로만 국한되면 150억 정도는 고려할 만하다는 소리네요?"

"오성그룹의 단독 모델을 하는 겁니다. 그 상징성만으로도 충분히 계약을 체결할 법합니다."

"저는 상징성 같은 건 필요 없어요. 액수가 중요해요."

"예? 아, 예."

김택수는 짐짓 당황한 얼굴이었다.

돈에 대한 욕망을 대놓고 드러내면 대부분의 사람들이 저런 표정을 짓는다.

김택수는 그렇지 않지만, 다른 사람들은 속물처럼 볼 때도 있다.

하지만 강철은 그런 눈빛 따위 조금도 신경 쓰지 않는다.

이런 말 한마디에 원하는 걸 온전히 얻을 수 있다면 백 번도 더 할 수 있을 정도였다.

"더 많이 받을 방법이 있다면 굳이 오성의 모델을 하고 싶은 마음은 없어요, 저는."

"강철 씨, 하지만 이거 하나는 더 생각해 보셔야 합니다. 오성은 그룹 차원에서 독점 계약을 제안한 적이 단 한 번도 없습니다. 이 계약을 이뤄 냈다는 것만으로도 굉장한 화제가 될 테고, 그로 인해 마왕의 브랜드 가치가 동반 상승하게 될 겁니다."

"의장님은 제가 오성의 모델이 되길 바라시는 건가요?"

"꼭 그런 건 아닙니다. 다만 액수뿐만 아니라, 이 계약이 지니는 의미를 정확히 설명하는 게 제 역할이라고 생각해서 드리는 말씀입니다."

강철은 김택수를 바라봤다.

사업가다.

원체 표정을 잘 숨기는 양반이라 눈을 본다고 그의 진심을 읽어 낼 방법은 없다.

그러나 그간 보여 온 김택수의 선의로 미뤄 보아, 지금 하는 말은 진심일 게 분명했다.

"의장님, 제 솔직한 마음을 말씀드려도 될까요?"

"물론입니다. 강철 씨가 가장 바라는 걸 말씀해 주셔야 제가 그 결과를 만들어 낼 수 있습니다."

"만약 마왕이 오성과 독점 계약을 체결하는 게 넥씨가 바라는 일이라면 그렇게 할게요. 저도 그 정도 의리는 있어요."

강철은 아직 못다 한 말이 있다는 것처럼 입을 열었다.

"그런데요. 만약 제 선택을 물어보시는 거라면, 전 더 많은 돈을 벌 방법을 택할 거예요."

더 많은 돈을 벌어서 도대체 뭐 할 거냐고?

모른다. 일단 벌고 보는 거다.

그러다 보면 아리엘의 아버지에게 투자했듯이, 정말 기분 좋은 결과를 마주할 수도 있는 거 아닐까.

"의장님께서 그러셨잖아요. 지금은 오성이 제시한 조건이 훌륭하지만, 뒤에 광고 제의가 쏟아지면 어떻게 될지 모르는 거라고요."

"맞습니다."

"그럼 150억보다 더 많은 금액을 받는 게 맞는 거 같은데요?"

"150억보다 많은 액수를요?"

"예. 최초로 독점 모델이 되는 건데, 자존심을 세워 줘야죠."

김택수는 순간 좀 당황했다.

홍보팀에 무조건 광고비를 두 배로 인상하라고 말했을 때, 김유정 상무가 꼭 이런 기분이었을까?

김택수는 어렵게 입을 열었다.

"어느 정도면 만족하시겠습니까?"

"지금까지 확보된 광고에다, 앞으로 들어올 광고까지 감안해서 그보다 많은 액수면 되지 않을까요? 전문적인 지식 없이 그냥 상식적으로 생각했을 땐 그런 거 같은데."

"알겠습니다. 다시 제안해 보도록 하겠습니다."

오성그룹에게 베팅을 하는 일이다.

강철의 욕심은 그런데, 김택수의 입장에서는 곤란할 수도 있겠다.

"불편하시면 말씀해 주세요. 그 정도 의리는 있다니까요?"

"아닙니다. 강철 씨가 말씀해 주시니 정신이 번쩍 드네요. 맞습니다. 오성그룹의 제안이라고 한 수 접어 줄 이유가 뭐 있겠습니까? 우리에겐 마왕이 있는데요."

당사자를 앞에 두고 어떻게 저런 말을 뻔뻔하게 할 수 있는지!

이만하면 얼추 대화가 끝났다고 생각한 무렵이었다.

"강철 씨."

"예?"

"볼 때마다 성장해 계시니, 감을 잡기가 힘들 지경입니다. 늘 제가 생각한 그 이상에 서 있네요, 강철 씨는."

"궁금한 게 있는데요. 그런 말 하는 거 좀 낯간지럽거나, 그런 거 없으세요?"

"전 사업가라 뻔뻔한 거 빼면 시체입니다."

"전 게이머라 그런 거 못 견디거든요."

강철의 말에 김택수는 웃으며 자리에서 일어났다. 하지만 그런 표정도 잠시, 김택수는 이내 미소를 감추었다.

"캡슐 앞에서 대기하고 계셔야 하는 겁니까?"

"해킹 시도가 있다니까, 그래야 할 거 같은데요?"

"프로모션도 끝났으니, 월드 서버가 열리기 전까지 푹 쉬셔야 될 텐데."

"그런 걱정 안 하셔도 되니까, 오성에게 200억쯤 받아 주세요."

"흠흠."

강철의 농담 섞인 대꾸에 김택수는 이러고 있을 때가 아니라는 것처럼 황급히 방을 빠져나갔다.

하오의 차가 강남 한복판을 달리고 있었다.

"기분이 좋아 보이십니다."

조수석에 앉은 장린이 룸미러를 보며 던진 말이었다. 장린의 말마따나 하오의 얼굴엔 웃음이 떠나지 않았다.

지잉!

뒷좌석에 앉은 하오가 창문을 조금 내렸다. 그러자 시원한 바람이 차 안으로 쏟아져 들어왔다.

"오마존의 프로모션에서 하오가 승리를 거둔 거야. 남의 돈으로 홍보 효과는 알리베이가 톡톡히 본 거지."

어떻게 웃지 않을 수 있겠냐는 듯 하오가 기분 좋은 미소를 지어 보였다.

더군다나 알리베이는 미국과 유럽을 집어삼킬 준비를 하는 상황이다.

이번 프로모션 승리를 기점으로 1등 기업 이미지를 획득한다면 전 세계 최고의 기업으로 거듭나는 것도 정말이지 꿈이 아닌 거다.

창밖의 풍경을 눈에 담던 하오는 불현듯 뭔가가 떠올랐다는 듯 휴대폰을 꺼내 전화를 넣었다.

수신자는 넥씨의 김택수 의장이었다.

(오래간만이네요, 하오 씨. 김택수입니다.)

하오의 번호가 찍혀서인지 김택수는 유창한 영어로 전화를 받았다.

"하오입니다. 상의드릴 게 있어 연락드렸습니다. 전화로 드릴 말씀이 아닌 건 알지만, 제가 지금 이동 중이라서요. 일단 기본적인 내용은 통화로 나누고, 자세한 이야기를 만나서 하고 싶은데요."

(예, 그렇게 하시지요.)

"우리 알리베이가 미국과 유럽 시장을 목표로 한다는 건 알고 계시죠?"

(물론입니다.)

"우리 알리베이의 모델을 마왕이 해 줬으면 해서 연락드렸습니다."

(예?)

다소 의외라는 듯 김택수가 되물었다.

(강철 씨와 이야기가 끝난 건가요?)

"아닙니다. 아직 꺼내지도 않았습니다."

(그런데 왜 저에게 먼저 그 말을 하시는 겁니까? 두 분 사이라면 직접 대화를 나누셔도 될 텐데요.)

"동생과 직접 이야기를 하면, 보나 마나 모델료 없이 하겠다며 난리를 피울 겁니다. 내 성격에 오케이할 리도 없고, 동생도 그런 걸 양보하는 스타일이 아니니까요. 그럼 싸우기밖에 더 하겠습니까?"

(그도 그렇겠네요.)

강철과 하오 두 사람의 성격을 잘 아는 김택수는 역시나 이해가 빨랐다.

"의장님과 기본적인 윤곽을 잡아 놔야 할 거 같아서요. 이건 기업과 기업 간의 일이다, 동생이 끼어들 자리는 없다. 이런 식으로 가야 동생도 군말 없이 따라오지 않겠습니까?"

(예. 무슨 말씀이신지는 충분히 알겠습니다. 다만 넥씨는 작은 거 하나라도 강철 씨와 상의를 하는 시스템이라서요. 이번 건만 그런 반응을 보인다면 강철 씨도 눈치챌 게 분명합니다.)

돈을 한 보따리 준다는데도 안 받을 게 뻔해서 억지로 꽂아 줄 방법을 생각해야 한다니!

 하기야 그런 성격이니까 동생이라 부르는 데 거리낌이 없는 거기도 하다만.

 하오가 복잡한 표정을 짓고 있을 동안 김택수가 말을 이었다.

 (방금도 오성그룹과의 독점 계약 건을 강철 씨와 상의하고 나온 길이라서요. 알리베이와 계약만 다른 방식을 취한다면 믿지 않을 거 같습니다.)

 "저는 무조건 최고 대우를 해야겠습니다. 방법이 없겠습니까?"

 (이런 걸로 고민하긴 처음이라서, 저도 생각을 좀 해 봐야 할 거 같습니다.)

 "알리베이의 입장에서는 최고의 모델료를 지급했다는 사실 자체만으로도 1등 기업의 이미지를 얻을 수 있는 찬스입니다. 더구나 마왕이라면 최고 대우를 해도 이견이 없을 테구요."

 (차라리 그 모든 사실을 강철 씨에게 직접 말씀드리는 건 어떻습니까? 상황이 그 정도 되면 이해하지 않겠습니까?)

 "다 이해한다며 무료로 해 주겠다고 난리를 부리겠지요."

 강철의 권리를 되찾겠다며 디퍼와 싸우는 알리베이다.

 그런 걸 뻔히 아는 강철이 광고료 따위를 받을까?

 에라이!

 돈은 밝혀도 그보다 도리를 생각하는 인간이다, 강철은.

하오가 아쉬움에 입맛을 다실 무렵이었다.

조수석에 앉은 장린이 몸을 돌려 하오에게 휴대폰 화면을 내밀었다.

뭐지?

김택수와 통화 중인 걸 뻔히 알면서 저러는 거라면 분명히 중요한 내용일 게 틀림없었다.

하오는 액정에 떠오른 문장을 빠르게 읽어 보았다.

「금일 어둠의 나라에 이뤄진 해킹 시도는 디퍼가 행한 게 틀림없습니다. 며칠 전 알리베이 메인 페이지에 가해진 공격과 동일한 방식입니다.」

알리베이의 개발팀장이 보내온 긴급 메시지였다.

"의장님?"

(예?)

"넥씨에 공격을 가한 놈들을 찾아낸 거 같군요."

그 순간 김택수가 마른침을 삼키는 소리가 수화기를 타고 넘어왔다.

디퍼의 수석 개발자 레넌은 기다란 복도를 걷고 있었다.

본인의 방을 지난 지 한참 되었지만 그는 걸음을 멈추지 않았다. 머리가 복잡한 탓이었다.

포비든이 생떼를 부리는 거면 무시하는 게 답이다.

그런데 포비든의 말도 나름의 일리가 있다는 게 문제였다.

디퍼의 초기 코드에 대한 권리를 가진 인간을 멀쩡히 살려 두는 게 맞는 일인가.

더구나 다른 사람도 아니고 마스터의 아들인데.

마왕이라는 위치 때문인지, 강철은 점차 영향력을 넓혀 가는 상황이었다.

디퍼의 미래를 위해서라도 반드시 위해를 가해야 한다.

"후우."

한숨을 내쉰 레넌은 무거운 얼굴로 방향을 틀었다.

목적지는 브룩의 집무실이었다.

브룩의 비서에게 미리 연락을 넣었고, 10분 뒤에 찾아오라는 답이 돌아왔다.

이런저런 생각들을 머릿속에 가득 담은 뒤였다.

똑똑똑!

레넌이 문을 열자 책상에 앉은 브룩이 그를 향해 매서운 눈빛을 뿜어냈다.

"포비든을 만나고 오는 길이지?"

"그렇습니다."

"놈의 응석을 충분히 들어 줬을 테고."

응석이란 말에 뭐라고 대꾸하기가 애매해서 레넌은 가만히 입을 다물었다.

"나를 설득해 달라고 하던가?"
"차라리 그랬으면 마음이 편했을 겁니다."
"그래? 그럼 다른 반응이라도 보였단 말이야?"
"예. 회사에 대해 꽤 많은 생각을 갖고 계셨습니다."
"난 또 뭐라고."

브룩은 이내 모니터로 시선을 돌렸다. 더는 대화를 해 봐야 별 의미도 없다는 눈빛이었다.

"일견 타당한 말씀을 해 주셨습니다. 마왕이 성장하도록 내버려 두면 안 된다는 생각엔 저도 동의했습니다. 이대로라면 위험할지도 모릅니다."

"그럼 왜 꼭 해킹 따위를 해서 흔적을 남겨야 하지? 한국 땅에 해결사 몇 명을 보내는 것으로 충분히 해결할 수 있는 일 아닌가?"

"마왕의 숨통을 끊어 놓는다고 해도 어둠의 나라에 넘어가야 할 이유가 사라지는 건 아닙니다."

CEO로서 디퍼의 일쯤이야 꿰뚫는 브룩이다. 레넌이 무슨 말을 하려는지 눈만 봐도 알 수 있었다.

"동종 코드에 의한 공격, 가로쉬의 데이터 때문에 그러나 보군?"

"맞습니다."

"그 뒤로는 별다른 문제가 없었던 거 같은데?"

"봉합해 둔 수준일 뿐, 언제 문제가 생겨도 이상하지 않은 상황입니다."

"근본적인 해결책은?"

"어둠의 나라로 넘어가 코드를 획득한 뒤, 가로쉬를 치유해야 합니다."

결국 리안의 파편을 모아 상자를 열어야 한다는 뜻이었다.

"만화 같은 소리군."

"마스터가 만들어 둔 대비책 같은 거라고 여기는 게 맞는 거 같습니다."

레넌은 기어코 브룩의 시선을 돌려놓았다. 모니터에 집중됐던 그의 눈이 이젠 레넌의 얼굴로 고정된 거였다.

"딱 하나만 묻지."

그 목소리가 서릿발 같아서, 레넌은 마른침을 삼킬 수밖에 없었다.

레넌이 몹시 긴장된 눈으로 바라보는 앞에서 브룩은 천천히 말을 이었다.

"자네는 디퍼의 수석 개발자일세. 대답 여하에 따라 난 자네의 능력을 평가할 수밖에 없어. 충분히 숙고하고 대답하게."

숨이 막힐 만큼의 긴장감이 뿜어져 나왔다.

"말씀하십시오."

"자네도 공격이 필요하다고 생각하나?"

"예?"

"그 방법 외엔 아무런 해결책이 없다고 믿는 건가?"

정말 그 수밖에 없다면, 아무런 해답도 마련하지 못하는 개발자 따위가 왜 필요한지 묻는 꼴이나 다름없었다.

결국 자신의 무능을 고백해야 하는 셈인데.

질문의 중차대함 때문일까? 레넌은 10초쯤 아무런 답도 내놓지 못했다.

하지만 그런 침묵도 그리 오래가진 않았다.

"마스터는 디퍼의 초기 코드를 개발했습니다. 그 뒤로 디퍼의 수많은 개발자들이 머리를 싸맸지만, 그의 발끝에도 미치지 못했습니다. 그런 그가 최후에 마련해 둔 안배입니다. 제가 어떻게 해 볼 도리가 없습니다."

브룩의 얼굴엔 일말의 변화도 나타나지 않았다. 그래서 레넌은 꼭 벽을 두고 말하는 느낌이었다.

"스스로의 부족함을 인정하는 건 저로서도 괴로운 일입니다. 다만 디퍼의 앞날을 위해서라도 선택은 꼭 필요합니다. 다른 사람도 아니고 마스터의 아들이니까요. 더구나 마왕이란 자리를 통해 세계적인 명성까지 얻은 데다, 알리베이의 하오가 한 수 접어 줄 정도로 성장했습니다."

"결국 넥씨를 공격하자는 뜻이로군."

"예. 그게 알리베이의 미래를 위해 옳다고 생각합니다."

레넌은 조심스레 브룩의 심기를 살폈다. 그는 여전히 표정이랄 게 없는 얼굴로 레넌을 바라볼 뿐이었다.

포비든은 레넌이 방을 떠난 이후로 온전히 숨을 쉬기조차 힘들어했다.

브룩의 성격상 답은 바로 돌아올 거다.

그 결과가 어떻든 말이다.

"시간 참 더럽게 안 가는군."

포비든이 벽시계를 힐끔 본 직후였다.

똑똑똑!

너무나 기다렸던 소리라서 포비든은 벌떡 자리에서 일어났다.

"들어오세요."

말이 떨어지기 무섭게 문이 열리고는 레넌이 안으로 들어왔다.

포비든은 즉시 상대방의 표정부터 살폈다.

"어떻게 됐습니까?"

레넌은 쉽사리 대꾸를 하지 않았다. 그저 각오를 다지는 듯한 눈빛으로 포비든을 마주할 뿐이었다.

"뭡니까, 그 반응은?"

"허락하셨습니다."

포비든의 독촉에 레넌이 내놓은 답이었다.

"그런데 표정이 왜 그렇습니까?"

"아버님께서 말씀을 전해 주라고 하셨습니다."

"뭐라고요?"

"토씨 하나 틀리지 않게 말하라고 하셨으니, 노여워하지 마십시오."

염병할! 그럴 거면 직접 전화를 할 것이지.

포비든이 마음에 들지 않는다는 듯 레넌을 바라본 다음이었다.

"너 따위 애송이에게 회사의 미래를 맡긴다는 게 도무지 말이 되지 않는구나. 내일 저녁 8시까지 모든 준비를 끝내서 내게 직접 보고해라. 그때 결정하마."

레넌은 최대한 감정이 배제된 목소리로 브룩의 말을 전했다.

그래서일까? 포비든은 몹시 기쁜 얼굴이 되었다.

"브룩은 마음이 동하지 않으면 절대로 기회조차 주지 않는 인간이잖아요? 거의 다 됐다고 봐도 무방한 거 아닙니까?"

"긍정적으로 검토한다는 사실 자체는 부인할 수 없습니다. 하지만 이걸 기회로만 보진 마시기 바랍니다. 회사 차원에서 총력을 다해 지원했는데도 실패하신다면 아버님은 반드시 그 책임을 물을 것입니다."

회사를 물려받기는커녕 의절을 하게 될지도 모를 일이다.

핏줄이고 지랄이고 브룩은 그러고도 남는다, 정말.

그 모든 사실을 알면서도 포비든의 얼굴엔 기쁨이 떠올라 있었다.

강철을 박살 낼 수 있다는 생각 때문이었다.

"내일 저녁까지 보고하라고 했지요?"

"그렇습니다."

"알겠으니까 어서 나가 보세요."

포비든은 당장이라도 준비를 시작해야 한다는 듯 레넌을 바라보았다.

자신을 위해 힘써 준 사람에게 보이는 태도로는 말도 안 되는 것이었지만, 레넌은 애초에 그런 기대 따위 한 적도 없다는 듯 조용히 집무실을 빠져나갔다.

☞

창문으로 오전의 햇살이 쏟아졌다.

캡슐 옆에서 잠이 들었던 강철이 몸을 일으켰다.

피곤했던 모양이다.

등받이를 뒤로 기울일 수는 있다만, 그래도 의자에서 자는 게 편할 리는 없었다.

"하암!"

혹시나 추가적인 해킹 시도가 있진 않을까 대기를 하다가 자 버린 거 같은데.

"그런 것치고는 너무 꿀잠이었네."

혼잣말을 중얼거리던 강철은 송재균에게 전화부터 걸었다.

신호음이 몇 번 울리기도 전에 받는 걸로 봐서, 아직까지 대기를 하는 게 분명해 보였다.

(예, 강철 씨.)

"깜빡 잠이 들었네요."

중천에 뜬 해를 보며 하긴 좀 민망한 말이었지만, 강철은 말을 이었다.

"무슨 일 없었나요? 추가적인 문제 같은 거요."

(강철 씨께서 수고해 주신 덕분에 별다른 상황은 발생하지 않았습니다.)

수고는 무슨, 캡슐 옆에서 잔 거뿐인데.

강철이 입맛을 다시는 동안 송재균이 말을 이었다.

(성과도 있었습니다. 알리베이 측에서 이번 공격이 디퍼의 소행이라는 걸 확인해 주었으니까요.)

혹시나 했더니, 역시나 그렇구나.

"우리 이렇게 당하고만 있어야 되는 거예요? 디퍼가 확실하다면 피해보상을 청구하든, 역으로 공격을 취하든 해야 속이 시원하잖아요."

(제 마음도 그렇습니다만, 기업과 기업 간의 충돌로 번질 수 있는 일입니다. 쉽사리 움직이긴 어렵습니다.)

하여간 덩치가 큰 기업일수록 이런 게 지랄 같다.

공격을 당한 게 뻔한 상황에서 복수도 제대로 못하니 속이 뒤집어지는 거다.

"그럼 매번 이렇게 방어만 해야 된다는 건가요? 누가 그러는 건지 뻔히 알면서요?"

(강철 씨는 문제가 생기면 사이드부터 뽑고 보는 스타일이시죠. 하지만 저는 처한 입장도, 일을 해결하는 방식도 좀 다릅니다. 그들의 목적이 뭔지부터 확인해 내고, 그걸 이루지 못하게 하는 것이 제 스타일입니다.)

"복수 한번 하기 어렵네요, 참."

(저도 마왕처럼 화끈하게 보복을 해 주고 싶습니다. 강철 씨의 성격이 미친 듯이 부러울 때도 있을 정도로요.)

성격을 빌려줄 수도 없는 노릇이고.

아무튼 사람에겐 저마다 주어진 상황이란 게 있는 법이니까.

강철은 아쉬운 마음에 입맛만 다셔야 했다.

"도와드릴 일은 없구요?"

(강철 씨의 존재만으로도 많은 도움이 됩니다.)

거기까지 들었을 때 강철은 전화 통화를 마무리해야겠다는 확신이 들었다.

"아, 리안의 퀘스트를 수행할 수는 없나요?"

(예. 아직 반응이 없습니다. 강철 씨, 해킹 문제 때문에 또 부담을 드린 거 같아 죄송합니다. 오늘 하루 만이라도 아무 걱정 없이 쉬시길 바랍니다.)

통화는 그렇게 마무리됐다.

다들 열심인데 어떻게 혼자 쉴 수 있겠나.

얼른 캡슐 안에 들어가서 훈련이라도 하려고 마음먹은 순간이었다.

지이잉!

마치 통화가 완료되길 기다렸다는 듯 휴대폰이 울려 댔다.

사진 파일이 담긴 문자 메시지였다.

휴대폰 화면 속엔 이를 훤히 드러낸 김필중의 모습이 보였다.

놀라운 건 개당 백억을 의미한다던 금니 두 개가 사라지고, 그 자릴 하얀 이빨 두 개가 대신했다는 거였다.

뭐냐, 이건?

강철은 일단 통화 버튼을 눌렀다.

(문자 확인한 겨? 부라더 말대로 돈놀이해서 번 돈 다 돌려준 기념으로다가 이빨 바꾼 겨. 나 이제 개털이여.)

"일주일은 걸린다며?"

(부라더 말인데, 이 악물고 강행군 소화혔지! 이제 부라더 줄 7억 하나 남은 겨!)

이 인간도 참 열심히 산다.

그래서일까. 캡슐을 빤히 바라보던 강철은 이내 시선을 돌려야 했다.

"밥은?"

(사무실 임대료 내고, 뭐 하고 뭐 허면 쥐뿔 없는 겨. 이제

허리띠 졸라매야 혀.)

"그래서 먹었다는 거야?"

(아직인디?)

강철의 말 한마디에 2백억을 토해 냈다는 거 아닌가.

훈련도 좋지만, 이런 인간 밥은 먹이는 게 맞다.

"진짜 새사람으로 살 생각은 있고?"

(부라더! 2백억을 뱉었어! 진심을 의심하면 두 눈에서 피눈물 쏟아져 부러!)

그래, 저 정도 되면 살길도 마련해 줘야지.

"강남으로 튀어나와. 택시비는 내 돈 7억에서 꺼내 쓰고."

(에잇! 부라더 돈에 손대면 그게 사람이여? 버스 타고 갈 텡게 좀만 있어 보드라고.)

"헛소리 말고 튀어와! 얼른!"

강철은 그렇게 전화를 끊었다.

정말 2백억을 포기했을까?

강철이 가진 돈이 41억이다.

그거보다 5배는 많은 돈을 가진 인간이, 그걸 다 버리면서까지 강철과 일을 하고 싶어 한다고?

왜? 그냥 가진 돈으로 살아도 충분하지 않은가.

마왕과 함께라면 2백억 정도야 우습게 회복할 수 있다고 믿는 건가.

도대체 뭘 보고?

솔직히 이런저런 생각이 다 들었다.

하지만 어떤 생각이 들든 정말 그 돈을 다 포기했는지 더는 의심하지 않기로 했다.

모든 거 다 던지고 같은 편이 되겠다는 놈은 일단 믿어 주는 게 맞으니까.

"내가 김필중이랑 이런 관계가 될 줄 상상이나 해 봤냐."

혼잣말을 중얼거리던 강철은 피식 웃음을 터뜨리고야 말았다.

10권에 계속